SPRING 野

更具体地生长

All This Wild Hope

我变回蛸的原形好了，
变回蛸，水就不再可怕了。

—

人类好像想把整个宇宙都封进罐头做永久保存。

多和田叶子
1960—
(© 嶋田礼奈／講談社)

GUANGXI NORMAL UNIVERSITY PRESS
广西师范大学出版社
· 桂林 ·

献灯使 / [日] 多和田叶子 著 / 蕾克 译

图书在版编目（CIP）数据

献灯使 /（日）多和田叶子著；蕾克译. —— 桂林：
广西师范大学出版社，2025.1（2025.5重印）
ISBN 978-7-5598-6855-8

Ⅰ. ①献… Ⅱ. ①多… ②蕾… Ⅲ. ①幻想小说－小
说集－日本－现代 Ⅳ. ①I313.45

中国国家版本馆CIP数据核字（2024）第065890号

This book is published with the support of The Japan Foundation.
本书承蒙日本国际交流基金会提供翻译及出版资助。

著作权合同登记号桂图登字：20-2024-010 号

XIANDENGSHI
献灯使

作　　者：（日）多和田叶子
译　　者：蕾　克
责任编辑：彭　琳
特约编辑：徐子淇
装帧设计：汐　和 at compus studio
内文制作：陆　靓

广西师范大学出版社出版发行
　　广西桂林市五里店路9号　邮政编码：541004
　　网址：www.bbtpress.com
出版人：黄轩庄
全国新华书店经销
发行热线：010-64284815
北京启航东方印刷有限公司印刷
开本：787mm×1092mm　1/32
印张：8.5　　　字数：122千
2025年1月第1版　2025年5月第5次印刷
定价：65.00元

如发现印装质量问题，影响阅读，请与出版社发行部门联系调换。

目　录

不死の島

不死島

关于日本的传闻和神话像蛆一样泛起，

蛆长成苍蝇，飞遍全世界。

日本に関する噂や神話が蛆のようにわいて、蛆は

成長して蝿になって世界を飛び回っている。

正要接过护照的手忽然停了。一时间，一头金发的年轻护照检察员的表情僵硬起来，嘴唇微微颤抖，仿佛在寻找语言。我先说话了：

"这确实是日本护照。我在德国已经居住了三十年，现在从美国旅行归来。自从那件事后，我没去过日本。"我只说了这些，咽下了其余想说的话。"护照上不可能沾染放射性物质，不要像对待贱民似的对待我。"我收回护照，翻开贴着永居资格贴纸的那一页，再次给他看。这一次，他用颤抖的指尖接过去了。

用"自从那件事后，我没去过日本"来自证清白，我很难为情。这里的人们听到"日本"二字，二〇一一年时还是同情，二〇一七年后变成了歧视。

如果我申请欧洲共同体的护照，过海关时就无须再想日本的事。但不知为什么，我不想申请。我为这本护照受了罪，反倒想坚持用到底，我也觉得自己很奇怪。

我愤懑地睨视护照红色封面上的菊花。就在这个瞬间，我看见那盛开的菊花多了一瓣，成了十七瓣，心中咯噔了一下。盛开在护照封面上的菊花不可能发生遗传变异。

从纽约托运的行李还没有运到柏林，我去遗失物管理处填写表格，写了行李箱的颜色和形状、我在柏林的地址等必需事项。正写着呢，忽然想起来，我在曼哈顿下城买的柏林弄不到的山芋泥荞麦面、挽割纳豆[1]、海蕴[2]和明太子[3]都在行李箱里，糟了！如果有人检查箱子，一定会认定写满日本文字的食物是危险品，将它们全部没收，送到放射线物质处理场。说不定他们会怀疑纳豆是遭辐射后骤然变小的花生。

二〇一五年后，就再也听不到日本方面的消息

1　一种用碎粒黄豆发酵的碎纳豆。

2　一种海藻。

3　用辣椒和盐腌制的鳕鱼卵巢。

了。关于日本的传闻和神话像蛆一样泛起，蛆长成苍蝇，飞遍全世界。因为没有飞日本的航班，无人能亲自去日本确认真实情况。听说中国某航空公司将开设冲绳航线，也不知是真是假。

福岛发生事故那年就应该关闭所有核电站，明知大地震还将发生，为什么拖拖拉拉地下不定决心呢？日本媒体主张"福岛的恐怖已告终"的二〇一三年初春，我在京都待了一星期。那天，酒店休息室里聚集着工作人员和住宿客人，惴惴不安地等待电视直播天皇陛下的地震两周年纪念讲话。酒店当然每间客房里都有电视机，但不只是我，似乎大家都不敢一个人看。冗长的漱口药广告不见结束，众人正心烦意乱时，电视画面忽然转成一片白，继而是一面随风飘扬的棉布"日之丸"旗[1]的特写。可是随后出现的并不是众人预期的"御颜"，而是蒙着黑面具的男人。画面紊乱晃动，是摄影机在晃吧？男人对着麦克风，忽然像乌龟似的伸长脖子，说："立刻关闭所有核电站，这是圣旨！"电视前的观众们惊呆了。接着，面具男用柔和的声音

---

[1] 即日本国旗。

加了一句："请各位不要担心。这不是绑架。我是今日要在此处发言者的至近之人。此发言是我们全体的心情。"这人在面具之下的脸颊线条，让人想起女儿节人偶[1]。

我冲出酒店，给在电视台工作的弟弟打了电话，他的手机没有开机。那天我联系了他几次，连短信也没能发过去。第二天他终于联系了我，说已带全家逃到兵库县的度假别墅。因为电视台播放了那样的画面，接下来很可能遭到右翼分子袭击，所以电视台的高管纷纷带着全家逃离了东京。

电视台最终没有遭到右翼分子袭击。那一年，政府以预防地震为由，将皇室成员转移到了京都御所[2]。之后民众再没听到御声。坊间传闻，天皇一家被幽禁了。

之后，再一次发生了震惊国民的事。内阁总理大臣忽然出现在 NHK 电视台《我们的歌》节目里，观众以为他要唱歌，他却尖叫着说："下个月，所有

---

1 用来在女儿节摆放的人偶，通常是一对，即天皇人偶和皇后人偶，更讲究的还配有三宫女、五乐童、两随身、三仕丁。

2 位于日本京都市中心，在明治维新迁都东京前，一直是日本天皇居所。

不死岛

核电站将永久停止运行！"首相被称为鹰派中的鹰派，如今他陡然巨变，惊吓了全国的老鹰和鸽子。对此，有人软语相劝，有人恐吓威胁，可首相就像鬼神上身，咬定要废除核电站。首相的同僚给他准备了特制的河豚料理，派了刺青花背壮汉上门，还在首相卧室用激光射线做出首相父亲的幽灵进行说教，种种手段用尽，都没有效果。

过了不久，首相消失了。一般情况下，媒体新闻会报道"暗杀"，这次不知为何用了"绑架"二字。谁绑架了首相？朝鲜尚在时，经常和"绑架"一起出现。不过，二〇一三年朝鲜爆发了过激的反核运动，以此为契机，韩国和朝鲜统一了。

首相失踪后，日本政府经历了一个混乱时期，于二〇一五年开始民营化。自称Z集团的团体购买了所有股份，开始以经营公司的方式经营政府。他们占领了电视台，取消了义务教育。我住在柏林，通过网络新闻和朋友发来的邮件了解情况。可慢慢地，日本不再使用互联网，邮件之类的联系方式不再可行，日本的网站也不再更新。给日本打不通电话，写信也只会立即被邮局退回，信封上盖着"与日本不通邮"的印章。还有，德国某核物理学家发表研究成果，声称飞机在日本降落就会沾染放射性物质，所以再也没有飞往日本的飞机了。二〇一七年，只有通过卫星拍摄的可怕图像才能断定，日本历经太平洋大地震，从东京到伊豆一带皆被海啸吞噬殆尽。现在六年过去了，详细情况仍未可知。幸好弟弟一家已移居兵库县，尽管无法联系，第六感告诉我，他平安无事。

我听传闻说，美国和日本之间还有航班。曼哈顿唐人街的一家菜市场最里面有个小旅行公司，那里能买到去大阪的票。这些消息在网上找不到，只有自己亲自去那里，当场用美元现金买票才行。为了买票，我从柏林飞到美国，去了那个地方，旅行公司已经消失。我问菜市场职员，他们说旅行公司确实开了一阵子，后来在某夜销声匿迹了。我在那附近打听了两三天，没找到任何线索。没办法，我只好买了加州制造的日本食材，回了柏林。值机时托运的行李箱，再也找不回来了吧。

就在我去美国寻找机会的那年夏天，一个葡萄牙人出版了一本偷渡日本记，被翻译成各国语言，在

不死岛

欧洲各媒体上轰动一时。我立刻买来这本题为《费尔南·门德斯·平托之孙的奇异旅行》的书读了，恍惚觉得自己在读《格列佛游记》。费尔南·门德斯·平托[1]是十六世纪人，作者不可能是平托的孙子，分明是在胡扯。"身为神父，为了拯救死在路途中的日本人的灵魂，我去了日本。"作者在前言中写道。不过有媒体报道说，作者在去日本前才成了神父，之前一直是冒险家。冒险家身兼作家，吹牛自然是拿手好戏。

书中写道，所幸二〇一一年在福岛遭到核辐射的百岁以上的老人至今健在，没有一人去世。不仅仅是福岛，之后几年里，日本中部和关东地区的二十二个核辐射热点地区也出现了同样情况。辐射发生时，最高龄者有一百一十二岁，如今仍然活着。"您长寿啊！"平托通过翻译赞美老人，得到的回答是"因为死不了"。老人并没有返老还童，而是被放射性物质夺走了死亡能力。他们睡眠不好，早晨起来身体沉重

---

[1] 费尔南·门德斯·平托（Fernão Mendes Pinto，1509—1583），欧洲探险家。基于其乘船远游东方的真实经历，著有自传性质的小说《远游记》。因书中多含夸张成分，作者亦有"吹牛平托"的别称。

疲乏，可是照旧得起来工作。二〇一一年开始，儿童陆续患病，不仅没有工作能力，日常生活还需要看护。哪怕每天只受到微量辐射，如果细胞分裂活跃，辐射的危害转眼间就能增长百倍千倍，所以年龄越小越危险。

这种情况，早在二〇一一年人们心里就很清楚，可是只有非常少的一部分人在当年带着孩子逃到日本西南部。后来过了几年，搬到冲绳和兵库县的家庭才逐渐增加。兵库县给从东京转移过来的小企业以优惠政策，还制定了有些土地可以免费提供给移居者建房的制度。新建的房屋一律从太阳爷爷那里获取电力，即使电力公司停运也没问题。山中涌出优质冷泉，里面至今没有检测出放射物质。兵库人气高的另一个原因是兵库毗邻京都。学校给学生提供怀石料理午餐，虽然物质紧缺，但是从茶碗、衣物到坐垫都能在这里弄到精致好物。二〇一七年前搬来的人真的运气很好。

形容词"年轻"用来形容真实年轻的时代结束之后，"年轻"意味着身不能站立，脚不能走路，眼看不见东西，吃不进食物，说不出话的状态。半世纪前的人未曾想过，"永远的青春"竟然如此痛苦。

老人们照看着子孙一代，给家人寻找食物，疲于奔命，没有力气叹息，没有力气愤怒。人们开始经常提起地狱草纸[1]。然而，焚身烈焰和鲜血横流在现实中是无形而不可见的，悲哀和苦涩在老人心中一天天积蓄。无论他们多么精心照料子孙，年龄越小的子孙仍会越早死去。人们尚未攒出时间和心力去考虑未来，下一场大地震又已袭来。政府宣称最新损坏的四个核反应堆没有发生任何泄漏，可民营政府之言有几分可信呢。

平托在东京停留时正逢酷暑八月，所有人家都门窗大敞。不过，入户盗窃、小偷和强盗等，已是不再被使用的死语，男人和女人通勤上学时都光脚穿着草履，四肢裸露，在家时则一丝不挂。平托认为，这些人乃非文明人群，日本有殖民地化的危险。不过，

1　由描绘各种地狱之苦的大和绘和说明性文字组成的绘卷。出现于日本平安时代后期、镰仓时代初期。

现在外国船不来日本了，不论白船黑船[1]都不来航了。横滨的海面恢复了静谧，从前人们从海里捕贝，打鱼，捞海藻来吃，去海边浴场游泳，这些生活习惯都消失了。与人类再无交集的大海变得暗沉而静默。海鲜不能吃，蘑菇和山间野菜等山珍也危险。东京人在大楼屋顶和阳台上放置了浸泡着棉花而不是土壤的花盆，用来栽培豆角和番茄。

也不是完全没有娱乐。贷本屋[2]前每天早晨都排长队，没有印刷报纸的电力，人们在路边买木刻印制的瓦版小报[3]，也有很多人坐在屋檐下玩围棋和将棋。漫漫长夜，没有电视可看，只有读书。太阳落山后，太阳能无法发电，说书人便登场了。他们在街头巷尾弹着琵琶，讲述过去漫画和动画片里的故事。可是，不是所有人都对这种变形夸张的江户情调感到满足。学者们为了拯救核辐射病人，夜以继日地做着医学研究。他们收集萤火虫，借着萤火虫屁股上的微光，在图书馆阅读文献，反复试验，寻找答案。

---

1 即 1853 年美国舰队到日本、强迫日本开国的黑船事件。
2 即租书店。日本最早的贷本屋诞生于十七世纪上半叶，租书阅读是江户民众生活的一部分。
3 一种日本江户时代民间发行的印刷小报，多为木刻印刷。

不死岛

虽然没有电脑，但有太阳能电池驱动的小型游戏机。因为电池太弱，屏幕显示的动作十分缓慢，仿佛在演能剧。所以追求速度的对战型游戏落伍了，最近占领市场的是一种从能剧中获得灵感的《梦幻能游戏》。游戏的构成是含恨而死的人，很多话未及说出口便死了的人，皆化为亡灵，吐露出活人难以理解的话语和支离破碎的妄想梦境；而玩游戏的人，要把这些拼接组合成完整的故事，为亡灵选择最合适的经来诵读，送亡灵成佛上西天。游戏的目的是让亡灵消失，可不知为什么，旧鬼送走，新鬼又来，源源不断，根本消除不完，只要坚持玩下去不昏倒就算赢家。不过，几乎没人记得"赢家"这个词是什么意思了。

献灯使

唯一可以确认的是，

他们的死，已经被剥夺了。

とりあえず死を奪われた状態に

あることは確かだった。

无名瘫坐在榻榻米上，还没有换下蓝色丝绸睡衣。也许是他头大，脖颈细长，以至于看似一只雏鸟。他绢丝般的细发被汗水打湿，紧贴在皮肤上。他眼睑微合，摇晃着头，仿佛在探寻空气中的动静，想用鼓膜捕捉屋外石子路上的脚步声。脚步声越来越近，戛然而止，横拉门被拉开，犹如货物列车轰隆驶过。无名睁开眼睛，朝阳犹若融化了的蒲公英，黄澄澄地流泻而入。他挺起胸，双肩向后收紧，手臂向上扬起，似要展翅高高飞起。

义郎喘着粗气走进来，微笑时眼角深纹挤到一起。他抬起一只脚，想脱鞋子，额上汗水一滴滴落到地上。

每天清晨，义郎都要去河堤前的十字路口的"贷犬店"[1]里借一只狗，和狗一起在河堤上跑半小时。小河如束起的银色丝带，水量贫瘠时，流速也十分迅疾。过去，人们把这种没有急事却一路奔跑的行为称为慢跑（jogging），现在外来语[2]逐渐消失，人们改称为私奔（駆け落ち），意思是"私人降血压式奔跑"。最初这么叫只是开玩笑，后来流行开了，成了固定叫法。在无名这一代人的意识里，私奔已和恋爱毫无关联。

虽然外来语用得越来越少，但贷犬店里还是到处可见。义郎刚开始私奔时，对自己的脚力没有信心，以为越小的狗越好，便借了一只约克夏犬（yorkshire terrier）。约克夏犬的速度比义郎想象中快得多，他被狗拽着，跑得上气不接下气，几乎要跌跤。约克夏犬反倒不时得意地回过头来，鼻尖高高扬起，神气活现地看着义郎，仿佛在问："你服不服气？"第二天，义郎换了一只达克斯猎犬（dachshund）[3]，也许他恰好借到了一只不想跑的狗，狗有气无力地跑了二百米

1　日本可租赁宠物狗的专门店。

2　来自外国的语言，直接借用外语发音，用日文片假名表音。比如日语的慢跑"ジョギング"来自英语的慢跑"jogging"。

3　也称腊肠犬。

就坐到了地上，义郎拽着它一路向前，好不容易才回到贷犬店。

"没想到还有不愿意散步的狗。"

义郎还狗时，不经意地流露不满。

"什么？散步？哦，散步。哈哈哈。"

看店的男子装糊涂。"散步"这个词如今已经无人再用，男子仿佛通过嘲笑义郎是个落伍老人找到了优越感。语言的寿命越来越短，人们以为只有外来语在逐渐消失，事实并非如此。有些词语因为没有后继者而被盖上过时的印章，继而消失不见。

上周，义郎横下心来，借了一只德国牧羊犬（germen shepherd）。这狗和达克斯猎犬截然相反，被训练得过分好，倒让义郎感到羞愧了。义郎无论是兴头上来全力疾跑，还是中途没了力气跌跌撞撞地向前，牧羊犬始终跑在义郎身侧，寸步不离。义郎看狗，发现狗也在斜眼瞟他，仿佛在问："如何？我是不是很完美？"义郎被狗的优等生模样惹恼，下决心再也不借牧羊犬了。

所以，义郎至今没找到理想的狗。如果有人问他："你喜欢哪个类型的狗？"他会吞吞吐吐，说不出来。其实他很满意这样的自己。年轻时，如果有人问他喜欢哪个作曲家，哪个设计师，什么葡萄酒，他会得意起来，立刻作答。因为他自矜品味良好，为了证明，曾花费金钱和时间买了很多东西。如今他不想再把情趣和品味当作砖瓦，盖一座名为个性的私宅了。

穿什么鞋是个重要问题，但他现在选鞋，不再为彰显自己。现在他脚上的韦驮天[1]鞋，是最近上市的天狗社新品，穿起来非常舒服，让他想起草鞋。天狗社的总部在岩手县，鞋子内侧有一行毛笔字——岩手码的（岩手まで），码的（まで）是当今已经不学英语的一代人对"made in Japan"的"made"做出的自行理解。[2]

义郎上高中时，总觉得全身上下就脚这个部位很别扭。脱离身体其他部分，随心所欲地长大，柔软而易受伤。他喜欢那种用厚橡胶将脚包裹起来的外国品牌鞋。大学毕业后，他当了一阵子公司职员，但不

1　韦驮天，佛教传说中佛法的守护神之一。相传，捷疾鬼曾乘机偷走佛舍利，刹那间就被韦驮天发现并追回。因此，在日本佛教文化中，韦驮天也被视为"速度之神"，常用以比喻腿脚快的人。

2　"まで"的读音可标记为"made"。

想一直在公司里干，又不愿被周围人看穿心思，所以穿了硬邦邦的褐色皮鞋。等当了作家，用拿到的第一份版税买了登山鞋，即使是去附近的邮局，他也会认真换上登山鞋，绑紧鞋带，以防遇险。

过了七十岁，他的脚才喜欢上了夹脚木屐和拖鞋。光裸的脚被蚊子叮，被雨水淋，他凝视着沉默地接受了一切不安的脚面，心中泛起爱意。这就是我啊，他想。他想找一双近似草鞋的鞋，找着找着，遇见了天狗社。

义郎想在玄关处脱下鞋子，一下子没站稳，手撑到原木柱子上，指尖感受到木头的纹理。树木以波纹的形状将岁月留存在身体里，那我身体里的时间呢？不会像一圈圈波纹形成的年轮吧，应该也不会像是从一条直线上排列开去，说不定像从未整理过的抽屉似的，杂乱不堪呢。义郎想到此处，又趔趄了一下，左脚踩到了木地板上。

"看来，我现在还不能单脚站立。"义郎一个人嘟囔。

无名听见了，眯起眼睛，鼻尖稍稍上扬："曾祖父，你想变成鹤吗？"

声音一发出，刚才还像气球似的摇晃不已的无名的头，倏忽一下子稳稳落定在脊梁骨的延长线上，眼神里带上了酸甜的俏皮劲儿。义郎看过去，刹那间，曾孙那张俊美的脸恍若地藏菩萨的佛颜，义郎心中一震。

"怎么还穿着睡衣，快去换掉。"

义郎故意出口严厉。他拉开衣柜抽屉，昨晚睡前四四方方叠好的儿童内衣和上学要穿的衣服恭谨有礼地等待着主人的召唤。义郎担心过，半夜里无名不会把衣服拿出来，去俱乐部喝鸡尾酒、疯狂地跳舞吧？回来时衣服不会皱巴巴的吧？他放心不下，所以睡觉前把无名的衣服锁进了衣柜。

"你自己穿，我不会帮你的。"

义郎把一整套衣服放到曾孙面前，去洗手间掬冷水洗脸。他用手巾擦着脸，睨视了片刻面前的墙壁。墙上没有挂镜子。最后一次在镜中看到自己的脸是什么时候？记得那时他已经八十多岁，依旧对镜细看自己的脸，剪去变长的鼻毛，如果发现眼周干燥，还会抹上茶树油面霜。

义郎把手巾搭到外面的晾衣竿上，用夹子夹好。

不知从何时起，他不再用毛巾（towel）了。毛巾洗后不易晾干，想用时总是来不及。薄布手巾的话，搭到屋檐下的晾衣竿上便唤来风，随风轻摇，不知不觉间就干了。过去义郎崇尚厚重的大毛巾，用过之后塞进洗衣机，豪爽地倒入洗衣液，从中体会生活的富足。如今想起，只觉得滑稽。可怜的洗衣机肚子里装了太多厚实毛巾，千辛万苦地转动，咣当咣当洗完一场便精疲力竭，工作三年就会过劳而死。上百万台死去的洗衣机沉落到太平洋底，变成鱼的胶囊旅馆。

八叠间[1]与厨房之间，是一个约两米宽的铺地板的房间，放置着野餐用的简易餐桌和钓鱼人的折叠椅。仿佛为了渲染更多远足的兴奋气氛，桌上还放了一只绘着狸猫的水罐，罐里插着一朵硕大的蒲公英花。

最近的蒲公英花，花瓣有十厘米长。每年市民会馆举行菊花品评会时，总有人用蒲公英参赛，甚至引发了争论——蒲公英能否算作菊花。反对派认为："大蒲公英不是菊花，不过是突然变异的蒲公英罢了。"

1　即八张榻榻米大的房间，约十三平方米。

此言引发了更加激烈的反击："突然变异是歧视性词语。"实际上，现在早已不用"突然变异"形容这个语境，更流行说"环境同化"。各种野草野花都在巨大化，蒲公英眼看着自己要变成不起眼的少数派，为了生存，不得不变大。可是，也有些植物为了生存，主动选择了缩小化，例如一种新品种的竹子，无论如何培养，最多不过小指头那么长，被称为小指竹。若是来自月亮的小婴儿在这种小竹子里闪闪发光，那么老爷爷和老奶奶只有趴在地上，用放大镜搜索，才能找到她。[1]

蒲公英反对派中有人主张："菊花是可以做家纹的高贵之花，蒲公英是杂草，岂能相提并论？"以拉面店工会成员为主的蒲公英赞成派则引用天皇家的名言"没有一种草是杂草"，一举击败敌手，为持续了七个月的菊蒲之争画上了休止符。

义郎看着蒲公英，想起小时候独自仰卧在田野上眺望天空，空气暖洋洋的，身下的青草沁凉，远处传来小鸟啼啭，侧过头，身畔的蒲公英盛开着，微微

1　指《竹取物语》，十世纪初出现的日本文学故事。伐竹的老夫妇在闪亮的竹子里发现了一个三寸大的女孩，收为养女，取名辉夜姬。

献灯使

高过他的眼睛。他闭上眼，噘起嘴巴，像鸟儿一样亲吻花朵，又慌忙坐起身环顾四周，生怕自己这个样子被人看了去。

无名自出生后，从未在真正的田野上玩耍过。他在头脑里营造了想象中的田野，小心翼翼地一直维护着。

"我们买些油漆来刷墙吧。"几星期前，无名突然这么说。义郎不解其意："刷墙？墙不脏呀。"

"刷成天空的模样。刷上天蓝色，描上云彩，还要画上小鸟。"

"在家里野餐吗？"

"嗯，因为外面不能野餐嘛。"

义郎无言以对。是啊，说不定再过几年，就完全无法出门了，只能待在室内，生活在用颜料画出的风景里。义郎强作欢颜："也对。我试试，看能不能弄到蓝漆。"如果无名对室内监禁的状态心无恐惧，那就这样好了，没有必要强行打破。

无名不习惯坐椅子，他坐在榻榻米上，把一个带着水涡纹样的大漆箱当作食案，好似在玩过家家，扮演古代的将军；做作业时，则坐在窗边的书案前。

别看他这样，当义郎说"既然你不需要桌椅，我们捐赠给别处好了"，他又强烈反对。对无名来说，西式桌椅虽然已经起不到家具的作用，却是一种装置，能唤起想象：已经不存在的事物、远逝的时代、绝无可能踏上的遥远异国的土地。

义郎打开蜡纸，听着阵雨般的沙沙碎声，从蜡纸里取出燕麦面包。这是四国[1]式样的德国面包，色如烧焦的暗夜，重如花岗岩，外皮硬而干燥，里面湿润绵软。这种微酸的黑面包有个怪异的名字——牙碜。面包房主人给自己做的面包都起了怪名，寒挪薇，不赖梅，萝藤堡。店门口贴着宣传海报："面包有无数，来寻找最合你口味的一种。"在义郎的语感里，这句标语太直白无趣，不过，他看到店主厚墩墩的耳垂后，对面包店恢复了信任。那耳垂若是好好揉过，烤熟之后定然美味弹牙，越嚼越有甜味。

面包店主是个"青春老人"。青春老人这个词，从前有人听到会笑喷茶，现在不知不觉间已普及成通

1　即日本的四国岛。

用词。毕竟，如今年过九旬的人才终于可算作"中年老人"，面包店主刚刚七十五六岁，可不就是青春老人嘛。

如果所谓"人味儿"的标准，是清晨必须起床却只想赖在被子里不出来，那么面包店主可以说没有一丝一毫的人味儿。每天凌晨四点，闹钟都没有动静，店主已经像"吓人箱"里屁股装着弹簧的小人儿一样起了床。他擦亮十厘米长的火柴，点亮固定在垫碟里的五厘米粗、十厘米高的蜡烛，端着它们走进漆黑的面包房。明明是熟悉的地方，可他肃穆恭敬的心情就像第一次步入神殿。他觉得，在他入睡的时间里，一定有谁在这里发酵了看不见的面团，烤了看不见的面包，温热气息还萦绕在空气里。正因为有这不可见的深夜面包，绝对无法售出的深夜面包，白昼的面包才得以存在。从另一个世界流转而来的香气转瞬即逝，深夜烤面包的人，他永无可能相见，但因为有这个神秘的深夜人在，面包店主独自干活时从不觉得寂寞。

面包店早晨六点一刻开门，傍晚六点四十五分关门。也许有人认为，店主从前是教育工作者，所以才如此设定时间。其实说白了，这不过是店主根据自己的起床时间和工作所需时间计算出的结果。换作公司职员，公司规定早晨八点半上班，无论是犯困的职员，还是精神抖擞的职员，都必须按时出勤。面包店主只是在忠实地遵守自定的规则而已。

面包店里有一个雇员。此人和义郎一样，已经过了百岁。他小个子，动作迅敏如黄鼠狼。义郎用眼睛追逐着雇员的动作，面包店主便凑过来，在义郎耳边小声说：

"他是我叔叔。叔叔说，人过百岁后，就不再需要休息。每次我让他去歇会儿喝杯茶，他都反过来生气地叱责我，说现在年轻人的休息时间比工作时间还长。"

义郎不住地点头同意。

"从过去到现在，老人就是这样的。老人总会抱怨当下的年轻人不行。据说，老人发这种牢骚对身体有好处，他们讲过年轻人的坏话之后，再测血压，会发现血压下降了。"

青春老人面包店主羡慕地盯着义郎的脸。义郎已是毋庸置疑的"老人"，无须顶着"青春"或者"中年"形容词的帽子。

"叔叔没有吃任何药，血压比我的还低。客官你的血压看上去也不高。我看着叔叔干活的样子，想起从前有过六十岁就退休的时代，觉得匪夷所思，明明六十岁还那么年轻。"

"退休制度确实让人费解。不过，从把职位让给年轻人的角度看，意义重大。"

"其实我画过画。我一直为画画没有退休一说而深感自豪呢。"

"后来不画了？"

"嗯。我画的是抽象画，可一定有评论家会说，这幅是阿尔卑斯山风景，我害怕得不行。不知道为什么，他们总认为我画的是外国景色，太让我烦恼了。为了自身安全，我放弃画画，继承家业，烤起了面包。可面包正经是欧洲传来的东西，为什么就被允许了呢？"

"过去曾有两个单词，法国面包和英国吐司[1]。说起来，这两个词反倒有种地道的日本风味，真令人怀念。"

---

1 在日本，法国面包通常指的是法棍类面包，英国吐司通常指的是圆顶长方切片吐司。

每说到外国国名，义郎的声音就小了下去，眼珠也左右乱转，确认四周有无旁人。

面包店主说："这种面包，过去叫德国面包，现在的正式名称是赞岐面包[1]。说起来，面包[2]本身也是外来语啊。"

"面包让人想起遥远的外国，真好。虽然我喜欢吃米饭，可是面包里有梦。今后也请多多关照。"

"唔。可是做面包实在是重体力活，我还不够放松，担心自己要得腱鞘炎。晚上睡觉时感觉胳膊酸胀，我总是想如果能像人造人那样，把胳膊从肩膀上卸下来再睡觉，该有多么轻松。"

"不是有一种讲座吗？教人怎么放松肌肉。最近出过广告的。地点好像是在水族馆。腱鞘炎的鞘字，很像章鱼的蛸字，我就记住了。"

"啊，我也看过那个广告。向蛸学习，过软体生活。"

"对对。从前说起软体生活，会被人小看的。说不定人类正朝着谁也不曾预料的方向进化。比如正在

---

1 即讃岐，古地名，大致范围在今日本四国的香川县。

2 日语中的面包"パン"源于葡萄牙语"pão"。

献灯使

蛸化？我看着曾孙，总是这么想。"

"一万年后，大家都是蛸？"

"都是蛸。过去人们觉得，人变成蛸是退化，其实说不定是进化呢。"

"上高中时我憧憬希腊雕塑般的身材，那时我准备考美术大学嘛。忘了从什么时候起，又喜欢上了完全不一样的身体，比如鸟，还有蛸。要是能变成他者，用他者的视线打量世界就好了。"

"他者？"

"不不，他科[1]。我想试试蛸的视线。"

义郎回想着与面包店主的对话，等着小锅里的豆浆煮热。无名的牙齿很脆弱，面包只有在液体里泡软他才能吃下去。

那天，无名嘴边沾着血，牙齿轻轻一拨动便掉了，就像石榴籽。义郎看到后非常慌张，毫无意义地在房间里转圈。他告诉自己，乳牙掉落，新牙会长出来，不用惊慌，这才平定了内心的荒波[2]，用自行车载着

---

1 此处模拟日语"たこ"（蛸）的发音。
2 日语，激浪、惊涛骇浪。

无名去看牙医。他们没有预约，等了两小时才看上。在闷热的候诊室里，义郎跷着二郎腿，几度换腿，吸烟似的将两根手指抵在唇上，不由自主地揪扯眉毛，无数次看向墙上的时钟。候诊室里摆着牙齿模型，无名把智齿模型放到红色地毯上，慢慢向前推动，当作大卡车玩。义郎仿佛看到巨大的智齿化作卡车在公路上滑行，那个世界里没有人类，他不禁打了个冷战。

　　无名玩厌了牙齿模型，拿来一本叫作《虎牙先生的冒险》的绘本放到膝盖上翻看。义郎在旁探头窥看，犹豫着要不要一起读，因为他正在写一本给儿童看的作品。他想写一本无名也能读的书，可是天天与无名生活在一起，反而很难写出童话；若是如实描写真实存在的问题，答案又无从觅到，徒增烦躁，无法抵达唯有书籍才有可能抵达的境地。他虽然也想描绘一个理想世界，但是，无名就算读了，现实也无法改变，还是没有意义。

　　无名瞪着水灵灵的眼睛，看着绘本。除了主人公虎牙先生，绘本里的人物还有智齿小姐、门牙先生、小龋齿和大金牙。因为主人摔了一跤，虎牙先生撞到水泥地上，裂了，掉进下水道。老鼠们发现了他，最初不知道他是什么，把他当作神灵祭到神社里。虎牙先生变成地下世界的神，平安无事地主持了一年四季的祭礼。有一天，洪水泛滥到地下，老鼠神社被冲走，虎牙先生被冲回地面。一个孩子捡起他，带回了家。读到这里时，终于轮到他们接受诊疗了。

走进诊疗室，和牙医视线刚一对上，未及被问，义郎便脱口而出：

"牙掉了，血出来了。"

他声音颤抖，声调不稳，忽然发现这句近似"写出来了"，慌忙改口"掉下来了"，随后加了一句，"乳齿"。义郎心中暗想，这叫倒装句。

无名还不会写汉字，词汇量却丰富，无须知道汉字怎么写，他第一反应曾祖父这句话好像是在说"掉下来了，入试[1]"。

"我知道这不是大事，因为乳齿终究要掉。可是这样轻轻一碰就掉，我就慌了。一般来说，牙齿不都会紧抓不放，生怕自己掉下来吗？他的牙齿掉得太容易了呀，是不是我多虑了？"

义郎仿佛在自我辩解，说着说着，声音变得含

1　即日语中的"升学考试"。

混起来。

牙医那张四方脸转向他，冷静地说："乳齿的脆弱性，会被恒齿继承的。"

义郎听到这话，胸口如同被缝入一块大石。无名扬起一张科学少年的明快小脸问："既然早晚要掉，人为什么长乳牙呢？"

医生认真地回答了他，之后开始查看无名的牙。

诊疗结束后，无名好像有人教过一样，用小大人的态度彬彬有礼地对医生说："谢谢您温柔对待了我的牙齿。"义郎惊讶得胸口一紧，无名从哪里学来了这种翻译腔应酬话？真不可思议，要知道现在这个时代，连外国绘本都没人翻译了。

无名的身体无法吸收足够的钙质，这一代孩子几乎都这样。这么下去的话，人类岂不是要变成无牙生物。回家路上，义郎反复琢磨，闷闷不乐。无名马上看穿了义郎的心思。

"麻雀没有牙齿也很健康，所以我不要紧的。"

无名能看穿人的心思。不是看出个大概，而是犹如阅读文字一样清晰无误，义郎有时甚至觉得诡异，所以保持谨慎，尽量不对无名的未来悲观。可惜不幸

献灯使

如同满潮，不由分说，定期涌至。义郎很多时候都郁郁不安，自己却没有察觉。

"曾祖父你也没有牙齿，却能吃很多饭，还这么健康。"无名见义郎内心的不安尚未退潮，便再次安慰。

曾孙的想象力都用来安慰老人了，这么发展下去可怎么好，义郎一阵内疚。他希望无名只考虑无名自己的事，多多犯错，多多胡来，自由烂漫地长大。

曾有一个时期，义郎为了让无名多吸收一些钙质，每天早晨让无名喝半杯牛奶。得到的回答却是"拉肚子"。牙医告诉义郎，如果内脏认为经口摄入的物质有毒，就会安排一种技巧，及早让毒质排出身体，这就是拉肚子。人们都知道，头颅内有大脑，其实腹部也有一种脑，叫作肠。两者意见相悖时，肠的意见优先，故而大脑被称为参议院，肠被称为众议院。众议院经常重新选举，乃至人们普遍认为，众议院更能反映民众心声，在此处要胜参议院一筹。同理，肠的反应更快，能及时体现一个人的身体状态，比大脑准确。

无名去看牙医，需要张大嘴时，总是连眼睛也一起睁大，仿佛不会只张大嘴。有一次他把嘴巴张得过大，下巴差点儿脱臼，慌忙合上嘴，闭上双眼，说了一句：

"我喉咙深处有地球喔。"

之后又把嘴巴和眼睛一起张大了。无名去儿科定期检查时，也展示过一次这种"地球"。无名把衬衫卷上去，露出肋骨分明的薄身板，平静地说：

"我的胸膛里有地球喔。"

义郎听到后，为了隐藏震惊的神色，扭脸看向窗外。他高高扬起鼻子，眯起眼睛，佯装观赏花园草木。

"诊断"的发音听上去类似"震断"，所以不知不觉间，越来越多的医生不再使用"定期诊断"的说法，改称"每月一见"。儿科医生做定期检查时，一般先仔细看过舌头和喉咙，翻开眼睑，检查眼睛，再看掌心、脸、脖子和后背的皮肤，拔一根头发分析成分，用灯照射耳内和鼻孔。

"你在检查细胞的受损程度吧？"

一次，义郎抑制不住不安，忍不住问。医生咧嘴一笑：

"是的。不过，就算把细胞放进机器里检查，损坏度也不可能以数字的形式显示出来，如果哪个医生说他可以做到，那他就是在欺诈喔。还是必须检查整个身体。"

这名儿科医生姓佐鸟，是遥远往昔负责治疗义郎母亲的癌症专家佐鸟医生的远房晚辈，两人的声音和表情毫无相似之处。癌症专家佐鸟医生，会用哄小孩的语气和患者说话，如果患者有疑问，他会高挑眉毛，仿佛挨了批评。有时还会恼火地说：

"把这些无聊想法通通扔掉，只要听我的话，病就会好。"

给无名做儿科定期检查的佐鸟医生不一样。如果义郎和无名有疑问，他会非常慷慨地分享丰富的医学知识，遣词用句毫无看不起人的意思，不怕病人提问，更不怕被人批评。不过，即使知道医生是这样一个人，义郎也没怎么提问过。他看过无名健康状况的书面记录，想知道那些数字背后的含义，却害怕知道九即疚，四即死 [1]，所以只频频点头，未敢多问。

---

1 原文为"九が苦で、四が死で"。日语中"九"和"苦"，"四"和"死"单字发音相同。

儿童的健康状态由医生助理手写成资料，经由飞毛腿传递人，送到新日本医疗研究所中央部。有一部名为《海风传书》的漫画，主人公便是长着羚羊腿、脑袋里装着城市详图的飞毛腿传递人。自从这部漫画开始流行，许多小孩都说长大想当传递人。可惜现代儿童没有能胜任此职的体力。也许在不久的将来，年轻人都会从事伏案的文职，体力活将由老年人继续干下去。

据说，儿童的个人健康状态数据全部都由各个医生手写，再自行决定隐藏地点。报纸上经常刊载漫画，画着医生把这些数据藏在狗窝内，藏在煮东西的大锅里。义郎看着漫画笑了，然后又想，也许这是真事，并非揶揄。

从医院送到医疗研究所的数据资料都是手写的，所以无人能在短时间内改写或销毁，从这个角度看，这种办法比很久以前出色程序员写出的安全软件优秀多了。

现在，已经没有小孩能用"健康"这个词来形容，由此，儿科医生的劳动时间也变长了。他们不仅负责应对家长的愤怒和悲伤，还不能把实际情况告诉新闻记者，因为上边会施加压力。儿科医生们日复一日地失眠，越来越多的人选择自杀。在这种情况下，他们首先自建了工会组织，公开声明将缩短工作时间，拒绝向中央保险部递交工作报告书，并与制药巨擘切断了关系。

无名喜欢他的医生，从来不在定期检查时闹别扭。尤其是去牙医那儿，无名不仅不闹别扭，反而兴致勃勃，心情好得仿佛要去郊游。对他来说，坐在高椅子上与牙医说话是最好玩的事。倒是义郎，每次都心情沉重。

前段时间，牙医对义郎说：

"如果孩子讨厌牛奶气味，不能强迫他喝喔。还有，如果孩子喜欢牛奶，也不能让他喝过量。"

义郎回答："好的。您上次已经说过了。"

医生听罢，扭头盯着无名的脸，认真地问：

"小朋友喜欢牛奶吗？"

无名不假思索地回答："我更喜欢蚯蚓！"

义郎纳闷，牛奶与蚯蚓之间有什么联系呢？他狼狈地望向窗外，视线避开医生，医生却很平静。

"哦。这么说的话，小朋友你不是小牛，是雏鸟哇。小牛喝牛妈妈的奶长大，雏鸟吃鸟妈妈衔来的蚯蚓长大。不过，蚯蚓住在泥土里，如果泥土被污染了，那蚯蚓被污染的可能性也大，所以最近的鸟不怎么吃蚯蚓了，于是蚯蚓特别多，很好捉。尤其是雨后，道路上翻滚得到处都是。就算蚯蚓再多，你也不可以吃喔。你要吃在空中飞舞的有翅膀的小虫。"

医生语气淡然，仿佛在讲解怎么刷牙。莫非他知道义郎是作家，想和作家竞争一下，所以编造了这种无稽言语？莫非不知从何时起，无名和医生跃入了同等水准的未来，只有义郎没有跟上？

很多牙医喜欢炫耀巧妙话术，可能他们想展示自己那口洁美牙齿吧，哪怕多一秒都好。面前这个牙医即将迎来一百零五岁生日，下颌还方正有力，张口便是两排闪着白光的四方大牙。义郎看后暗想，如果能把这口牙偷过来，当作礼物送给曾孙该有多好。他正这么想着，医生又开口说话了：

"有一种说法是，人可以从鱼和动物的骨头里摄取钙质，但仅限于在地球受到不可还原的污染前生存的动物。所以现在甚至有人主张，要从极深的地层挖掘恐龙骨。听说现在北海道有些商店在卖纳玛象的骨粉。"

出于偶然，第二天义郎在小学围墙上看见一张宣传单，某名研究古代生物的教授要来文化游园做纳玛象的讲座。回到家后，义郎在墙上的年历上写了"纳玛象"。听讲座是他的嗜好。无名每次走过年历，都被"纳玛象"几个字吸引，眼睛飞快地眨个不停，仿佛被魔法绳索绑住不能动了。仿佛这个词本身就是动物，只要无名盯着看，词就会动起来。

义郎想化解绳缚魔法，就对无名说：

"纳玛象是生活在五十万年前的象。大学教授要来做讲座，我们一起去听呀。"

无名听到后，脸上一下现出光芒，高举双臂原地高高跳了起来："极乐！"义郎吃了一惊，但很快就忘了无名这一跃。

不光纳玛象，还有鹭鸶或海龟，无名只要听到、看见生物的名字，马上就会被吸引过去，仿佛活物会从名字里跳出来。

不光动物的名字是这样，只要活生生的动物从他眼前走过，无名就无比欣喜地点亮心中的灯。这个国家的野生动物，从相当久远之前已杳无踪迹。义郎还在上学时，曾为一名来自德国小城梅特曼的女士做向导，花了几天时间，沿着中山道[1]从东京走到京都。当时，那名德国女性说的"日本只有蜘蛛和乌鸦啊"让义郎很惊讶。现在锁国了，再没有这种提辛辣意见警醒人心的远方来客了。义郎每次想起动物时，都会念起这名德国女士，记得她名叫希尔德加德（Hildegard），与义郎同岁。义郎至今好似还能听到她的声音。"哈啰，Yoshiro（义郎）？"现在已经没有电话了，空中响起"吱吱吱"的急促电流声，"哈啰"反复响过几次之后，尾音上扬的独特发音传到义郎的鼓膜上，"yoshi"之后短暂停顿一下，"ro"强有力地上扬，好似她正伸过手来。

两人用结结巴巴的英语交谈。义郎问一连串简单的问题。"今天你吃了什么？""在哪里买蔬菜？""小孩儿喜欢在外面玩吧？"他太想知道德国的情况了，是变成和日本相似的环境了，还是与往昔一样？她的孙子和曾孙可健康？希尔德加德回答了一句"我正在

---

1 日本的古代官道，从现在的东京日本桥出发，向北途经现在的埼玉县、群马县、长野县、岐阜县、滋贺县，抵达京都。同是通往京都的官道，东海道官道经由太平洋沿岸，中山道则经过北部内陆山区，全长五百二十六公里，多险峻山路。

用香草煮从院子里摘来的豆角",义郎感觉他吸入了锅中蒸腾的水汽。非真实的电话声很快变弱,逐渐消隐而去。是幻听吗,还是希尔德加德真的这么说了,义郎没有自信去断定。无论如何,义郎闭上眼睛,便看到希尔德加德的曾孙们在庭院里奔跑,他们跃过水塘,伸直胳膊从树上摘下苹果,没有洗,雪白牢固的牙齿直接咬在有虫眼儿的酸苹果上。他们吃完后又商量,接下来是去摘野花,还是去小河看鱼。

义郎想去德国拜访希尔德加德,哪怕只去一次也是好的。但是连接日本和海外诸国的航线全部断绝了。也许因为这个,人们光凭自己的脚掌,已经感觉不出地球是圆的了,只是头脑里还残存着一个可以游走的圆球,沿着头颅内侧的曲线,做脑内之旅。

义郎想象着他把替换衣服和盥洗用品装进小旅行包,乘坐电车和巴士去成田机场。新宿已多年未去,如今变成了什么样子?那里虽说是废墟,却有太多热闹的商店招牌。道路上看不到一辆车,交通信号灯依旧有条不紊地时红时绿。没有职员通勤的公司门口,自动门一会儿打开,一会儿关闭,想必是被随风舞动的大树长枝拂到了。宴会厅里,冰凉的香烟味冻结成银灰色的静寂。杂居楼[1]里摆满餐桌，逼仄的每一层里都有名为"不在"的客人在饕餮豪饮。无人来借的高利贷，利息生了锈。无人买的减价促销的内衣堆成小山，湿气氤氲。商店橱窗里积了雨水，手提包生着霉。一只老鼠在高跟鞋里悠然午睡。柏油路裂开了，缝隙中两米高的野苇直冲天际。往昔，樱树枝细如寻，小心翼翼地甘居路旁，自从都心[2]再也不见人迹后，树变得粗壮多了，枝条肆无忌惮地向四方伸展，繁密而鼓胀，好似绿色的蓬松爆炸头怡然地左右摇晃。

义郎想象着自己从新宿车站登上开往成田机场的 express 特快列车，车上空无一人。其实，开往机场的电车早已不存在，也再没有人乘坐这种用外语发音标榜高速的 express 类列车了，喝 espresso[3] 的人也销声匿迹。走出电车站，进入机场大楼，海关内不见一人，自然也不必出示牒文。用"尽头"二字取代原意 terminal[4] 的招牌被摘下来，静静竖在墙边。纹丝不

---

1 集中了多家商铺和公司的小型高层建筑。

2 东京中心地带。

3 浓缩咖啡。

4 日语中的"航站楼"是外来语，写作"ターミナル"，源自英语的"terminal"。

献灯使

动的电动扶梯成了台阶，一阶阶踩上去嘎吱嘎吱作响。所有登机口都寂无人影，头顶上方结着雨伞大的蜘蛛网。停下脚步细看，只见手掌大的蜘蛛躲在蛛网边缘，静待猎物。蜘蛛背上有张扬艳丽的条纹，最上面是黑色，接下来是赤红和黄。义郎会意地点点头，他要去德国，故而蜘蛛也长着德国色。他战战兢兢地看向旁边的登机柜台，那边的蜘蛛长成红白蓝三色。还有红色蜘蛛满背星星。

不知为什么，义郎能清晰地想象出机场各处的场景。即使他不主动想象，那些场景也自行进入他的大脑，央求他，写小说吧，把我们写进你的小说里。然而，把无人光顾的机场写进小说实乃危险行为。万一那里隐藏着国家机密，设定了重重障碍禁止人们进入呢。义郎并不想潜入禁地寻找什么秘密。不过，他还是在自己的头脑里描写了空想中的机场的绵密细节，并发表了作品。如果这些细节不巧与现实重合，也许他会以泄露国家机密罪被捕。仔细想想，即使他在法庭上主张那是他的空想，若要证明，也实在很难呢。而且最根本的，真的会公开审理吗？义郎想象着自己被关进监狱，并没有感到恐惧，只是想到剩下无名一个人了，这孩子可怎么活。想到这里，他觉得不能以身犯险。

忘了已经多久了，除了贷犬、贷猫的死尸之外，他们再没见过其他动物，甚至已习以为常。有人偷偷养兔，自建了"兔组"组织。义郎的亲戚熟人里没有这种人，就算他想让无名看看小兔，也无能为力。

"无名，你以后想当动物学家吗？"

无名津津有味地看着动物图鉴上的斑马，义郎忍不住问。在义郎的梦想里，无名长大后不仅要做动物学教授，还要四处旅行，观察野生动物，写随笔文章，成为名扬一方的作家。他微笑着这么遐想，慢慢地，微笑冻在了脸上。

义郎走进厕所，坐到马桶上，想象着纳玛象的背影；想象着无名拿着放大镜，观察纳玛象足迹形成的小水洼。义郎一肚子闷气，伸手去扯纸。义郎把报纸文章剪下来，用手揉软，放进木盒子里当厕纸。虽然有时他一想到政治紧贴在屁股上，就忍不住寒毛倒竖。不过又转念自我安慰：贴到皮肤上时，文字都是左右颠倒的反转字。就是说，政治到了自己屁股底下，就成了"逆向"，或是"反对"的，也算出了一口恶气。

曾有一段时间，义郎每次看到有关儿童健康的报道都会做剪报，现在已很久不做了。说实话，读过一遍的文章，实际上不会重读；另外，剪报簿越积越多，占领了柜子，压迫了墙壁。长年以来，义郎遵循"没理由扔的东西都会留下"的生活原则，后来在临时住宅里住久了，就改了规矩，"过去六个月中没用到的东西一律扔掉"。

之所以不再留恋旧报纸新闻，还有一个理由就是，关于儿童健康的情报没有定势，比秋天的天气、男人的心更瞬息多变。前一天刚刊登完"清晨早起健康法"，过几天就出现了"睡懒觉的孩子能长高"的大字标题；前脚出来"吃零食的孩子没食欲"，后脚跟上一篇"孩子想吃甜食，你如果不给，孩子性格会变阴郁"的随笔。专家建议"一定要让孩子多走路"之后，又跟上一篇某儿童因为被强迫走路磨损了膝盖骨的报道。未来无名将迎来什么样的人生？义郎无法预想，他只有拼命睁大眼睛，认真过好每一日，不让现在的时间在脚下坍塌。

厨房里的锅闪烁着傲慢的光。并不是什么特别高级的锅，为什么闪这种光？义郎不时睨视几眼。他用大菜刀把橙子一切两半，菜刀也闪闪发亮，却丝毫不见傲慢。多亏面包店主的指点，义郎才买到这把锋利的菜刀。义郎从面包店主那里听说，店主的朋友下星期将在附近的书店贩卖厨刀。义郎不解，为什么在书店卖刀？随即得知，造刀男子写了一本自传，非常畅销，要在书店开签名会，同时贩卖真刀。木质刀柄上烙印着"土佐犬"的字样，面包店主微笑着告诉义郎，此犬并非狗，而是厨刀的商标。那天早晨义郎去书店时，门前约有五十人排队。义郎很久没有这么兴奋地排过队了。终于轮到他时，他买下自传和菜刀的套装，一边请作者签名，一边问作者：

"您走遍全国开签名会吗？"

"不，我这次只去兵库县和东京的西域。"

噢，原来外界把这一带称为东京的"西域"啊。"西域"的说法真奇妙，就像往昔有个地区被称为"中近东"[1]一样，显得那么遥远，有种异国情调。造刀

1　日本对阿富汗以西的西亚和利比亚以东的非洲东北地区的代称。

献灯使

大师似乎没有察觉义郎被这个词绊住了，兀自说着：

"其实在东北[1]和北海道的销量更好，那边更景气嘛，可惜太远了。从前我去纽约卖过刀，没觉得遥远。距离感这种东西实在神奇。"

大师唯独说到"纽约"时压低了声音，显出了嘶哑。现在有条奇妙的法律，不可以说出外国都市名。虽然至今尚未听说有人因此获罪，但所有人提到外国地名时都很警惕。再没有比尚未适用的法律更恐怖的东西了。虽然人人都在犯法，但只要上面想把谁送进监狱，突然捡起这个罪名就能抓人。

厨刀买对了，自传却是典型的热血、努力、感动主题。义郎忍着读到一半，就再也读不下去了。尽管如此，这本书里有一处在闪亮——作者黎明前起床，点着蜡烛走进工房，困意难消，不知道自己是谁。此人是个夜猫子，早晨起不来，但坚守了黎明前起床的教条。这种教条究竟来自哪里，是宗教，还是工匠传统，或是家传？作者未言明，倒是详细记载了蜡烛的尺寸，直径五厘米，高十厘米。莫名让人印象深刻。

---

1 日本的东北地区，一般指青森县、岩手县、宫城县、秋田县、山形县和福岛县。

义郎很好奇，这位四国刀匠和面包店主是怎么结识的？后来义郎去买面包时，不经意地问了一句：

"店主你在四国住过？"

"我去四国寻找过赞岐面包的传承路径。"店主立刻回答。

义郎本想问问旅行的详情，可平日爱聊天的店主偏偏在此时板起面孔，转身回去干活了。

刀是一把好刀。义郎只要握住刀，第二心脏便开始在手中怦怦鼓动。也许有人会说，水果而已，无须全神贯注去切。但对现在的义郎来说，测试刀锋的决战对手并非鱼肉，而是橙子。使命感令他振奋颤抖，他要劈开果物外围之缜密纤维，从奥秘空间中寻出崇高蜜滴赋予无名。佯装天不怕地不怕的橙皮啊，其下包裹着果肉的柑橘贵族的顽韧白手套啊，深处锁紧水分绝不外漏的自闭淫坊啊。这重重包裹，阻碍了我最爱的曾孙尽享甘甜果汁。

不仅水果如此。圆白菜、牛蒡都结着如街垒的植物纤维，不甘心被轻易吃掉。植物有种看似静弱，实则不让分毫的强硬，义郎气恼的就是这个。菜刀奔向目的地，不踌躇，不多做一秒停留。之所以能一路猛进，不是因为蛮横无理，而是因为心中敞亮，毫无迟疑，故而能从始至终保持细致与锋利。

"无名，你等着。你无法用牙齿咬开的植物纤维原始林，曾祖父替你用刀切个粉碎，为你开辟生命之路。我就是无名的牙。无名，你要把无穷尽的太阳吸收进身体里。你就当自己是鲨鱼，嘴里长满凶猛利齿，又大又锋利的牙齿，人看到后就会仓皇逃遁；你的唾液是满涨的潮水，汹涌着重重波纹；你喉咙的肌肉凶悍而顽强，能吞噬整个地球；你的胃是室内泳池，盈满着胃液，太阳穿透玻璃天花板而来，沉浸在你的胃液里。地球和其他星辰不一样，地球每天承受着太阳之光的恩惠。上天的恩惠让地球上生出无数形状奇怪的东西。直到现在，海蜇、八蛸、伞蜥、螃蟹、犀牛、人类和其他各种各样的生物都在永无停歇地生存、变化。小豆似的胎儿发芽展成心形，音符似的蝌蚪变成木鱼形的蛙类，毛虫化蝶，皱巴巴的婴儿变成皱巴巴的老翁。这几十年来，无数生物灭绝了。可地球还是那么温暖、那么明亮。"

义郎在心里反复念着这些羞于出口的诗，几度调整力度，重新握好菜刀。橙子要切成两半，挤出果汁拿给无名。义郎曾把剥好皮的水果切碎，然后全部拿给无名吃，结果无名上学迟到了。做成果汁的话，十五分钟就能喝下去。话虽如此，"喝"的动作对无名来说并不容易。无名总是滴溜溜地转动着眼珠，拼命让喉部电梯上下运转，努力把液体压送下去。有时液体逆流烧到喉咙，若想再次压回去，就容易压进气管，引出一发不可止的剧烈咳嗽。

"无名，不要紧吧，难受吗？能喘气吗？"

义郎含着眼泪，轻拍无名后背，抱住无名的头按在自己胸膛上。无名看上去痛苦，却又有种安然自若的镇定，仿佛在等咳嗽自己停下，有如大海不做抵抗，只等待暴风雨自行平息。

咳嗽逐渐平息后，露出一脸若无其事表情的无名，再次喝起橙汁。可当他看到义郎的脸，还是吃了一惊。

"曾爷爷，你不要紧吧？"

无名似乎无法理解"痛苦"的含义，若是控制不住咳嗽，那就咳嗽；食物反流上来，那就去呕吐好了。当然，这些事伴随着疼痛，但也只是最单纯的疼痛，并非义郎深谙的那种"为什么只有我在承受惩罚"的声泪俱下式的痛苦。这也许是命运赐予无名这一代人的珍宝，无名从来没想过自己是可怜的。

义郎小时候哪怕只是患了风寒发烧，他母亲也会像照看小婴儿一样照顾他。"自己好可怜"的想法那么甜美忧伤，静悄悄地渗透流转进他的体内。义郎成人后，发现只要患上小病，就可以堂堂正正地请病假，躺在被窝里读小说，或者想事情，不用去那个哪怕天塌下来也要出勤的公司。若想感染病毒性感冒非常简单，只要缩短睡眠时间即可，而且吃过药后即可痊愈，几个月后还能再次感染。后来，义郎察觉到了，他并非真的渴望感染，而是想从公司辞职。

无名是幸运的孩子，不曾目睹大人装病时的丑态。他若能这么长大，也许无须为身患疾病而对周围的人赔小心，也无须自我哀怜，能心态轻松地活着，直到必须咽气的那一刻。

现在百分之九十的小孩都有低烧作伴。无名总在发低烧。学校认为，若是每天量体温，反而容易神经过敏，所以指示家长不要给孩子量体温。如果家长说了"你今天在发烧呀"，小孩就会产生倦怠感。假如发烧就要请病假，那么基本上所有的孩子都无法上学了。每所学校都配备了一名正牌医生，生病时上学反而是好的。学校很早以前就说过："发烧是因为身体在杀死病菌，因而不可以吃退烧药。""不可以量体温"倒是最近的新指示。

义郎和无名一起把体温计埋进了物品墓地。这是一处公共墓地，只要怀着敬意与物品告别，谁都可以自由葬物。有些物品虽然被掩埋了，依旧心有眷恋，还会不甘心地爬上地面。那一天，大雨销蚀了地面，一条画着红太阳的白色缠头带从泥土中露出半张脸，在风中飘扬。义郎想象了一下这条缠头带的主人，是刚参加完大学入学考试的高中生，还是告别了右翼组织的青年？布偶熊头朝下，一条腿露出地面，它也想爬出来吧？无名想象了埋在泥土里的各种东西。变成蝌蚪的裂成两半的园艺剪刀，穿了太多次、鞋底磨薄如纸的鞋子，破了洞的小鼓，离婚夫妇的结婚戒指，笔尖弯掉的钢笔，世界地图。义郎埋过一部写了个开头的小说，他本来想在家里烧掉，又觉得火舌太过残酷，没有勇气划火柴。

每个人都有个人原因产生的垃圾，可燃的，不可燃的。这本名为《遣唐使[1]》的小说，是义郎的第一本也是最后一本历史题材小说，他写了不少篇章之后，发现里面用了太多外国地名。地名犹若毛细血管，细枝般遍布于作品，不可能只删除地名。为了自保，只好放弃，烧掉太痛，只有埋进泥土里。

橙子擦过雪白陶刃，流出橙色汁液。这是义郎想要的生活，不流血，不流泪，橙汁日日流淌。他想让橙汁中的开朗、温暖和精神为之一振的酸甜都进入自己的身体，让肠道感受到太阳。

义郎把挤出的橙汁一滴不洒地倒进杯子，右手握住已经空了一半的橙子，用尽全部握力，挤出最后一滴。

"曾爷爷，你怎么不喝？"无名问。

"只买到一个呀。小孩必须活下去呀，所以万事小孩优先。"

"但就算小孩子死掉了，大人们也还能活。大人要是死了，小孩子可就活不成了。"无名像唱歌一样

1　在日语中"遣唐使"和"献灯使"发音相同。

说着。义郎沉默了。

每当他想象自己死后，无名还得活下去，独自面对时间，就想不下去了。自己死后的时间？不存在的。义郎这些老人拥有不死的身体，注定要目送曾孙走向死亡。这是多么恐怖的命运。

也许，无名这一代人会创造出新型文明留给后人。无名出生时，仿佛天生知晓了神秘的智慧，一种从前的孩子不具有的新型智慧。

义郎的女儿天南像无名这么大时，如果零食箱忘了上锁，她就会一口气吃掉整盒饼干、一大板巧克力。义郎若是呵斥，她会马上回嘴。

"一次不能吃这么多。"

"为什么！"

"对身体不好。"

"哪里不好？"

"你会不好好吃饭，会营养不足。"

"那我好好吃饭，就可以在饭前吃很多零食了，对吧？"

"当然不行。"

"为什么不行？"

这种问答没有尽头，义郎累了，大声喊：

"我说不行就是不行！"

他无意彰显家长权威，可自从女儿学会说话，嘴里就源源不断地溢出"我想做这个"和"我想要那个"。义郎若是民主应战，就会输给女儿。他想，权威主义之所以存在，就是为了保护笨拙而容易受伤的父母。

女儿的欲望没有止境。甜食一直吃到犯恶心才停嘴，想要的玩具若是不给她买，她在商店门口绝不挪窝，甚至会抢其他孩子的吃食和玩具。让女儿停手是义郎的职责。女儿负责挥洒欲望，义郎负责阻止。女儿还小的时候，他还能忍受这种职责。可是她一天天长大，变得有力，学会了更多词语，编出的理由越来越巧妙。义郎训斥一句，女儿奉还尖刻的十句。义郎被语言的锥尖扎得鲜血淋漓，有时破罐子破摔地想，干脆让她尽情吃冰激凌直到吃坏肚子算了。不过，无论何时，他都没有丧失过自信，他相信自己能教给女儿有益的道理。如果女儿听他的话，就不会吃亏，可惜她不听，这种糊涂令义郎烦躁。

无名和天南迥然不同，从不暴饮暴食，从不把不能吃的东西放到嘴里。所以义郎没有任何人生教诲可教给他。想到这里，义郎觉得很惭愧，不由得用拳头使劲按住了自己的双眼。

孙子飞藻还是个能抱起来的幼儿时，义郎曾期待着有一天能教飞藻开车。世人都认为作家擅长想象，但义郎从未想过有一天汽车会消失。义郎为了不爱学习的孙子的未来，送给孙子一笔存款，充当综合职业学校的三年学费。飞藻偷偷取出存款，用体育背包装了现金，强盗似的抱着包离家出走了。直到银行发来解约手续文件，义郎才知道事情始末。起初，他心急如焚，不过一个月后，多家大银行连续倒闭，储户丧失了全部存款。坊间流传着也许未来可以全额拿回的小道消息，这成了储户们唯一的救命稻草。储户们喘着粗气，怒火中烧，涌至银行门口，看到的情形却是穿着西装的男人们在各银行分行门前排成一列，点头哈腰，汗如雨下地真诚道歉。这些银行的男人承受着詈骂，白天站在骄阳下，傍晚淋湿在阵雨里，夜间被蚊子叮咬，无休止地低头赔礼道歉。储户们看到也暂时消了气，各自回了家。后来他们在报纸上看到，这些男人其实是银行雇来的职业道歉人，临时工，工资按小时结算。这件事说明，义郎误以为存款能令人生安定，而飞藻看穿了经济结构，最开始就不信任银行，在这一点上飞藻远胜义郎。职业学校也一样。几年后，义郎在报纸上看到某评论家的文章："职业学校号称可以帮助学生取得职业资格，由此每月收取学费，着实赚到了钱。而拿到资格的学生不是找不到工作，就是卖身换取低廉薪酬。其中最应该小心的，是新出现的那些有着漂亮名号的职业。学生和家长都以为，学校招收学生入学，是看中了学生的才华，于是心怀感激地交学费，学费越高他们越奋勇，觉得自身价值亦随之上升。家长和学生都有虚荣心，也充满了不安，生怕别人以为自己无所事事。最近利用这种心理赚钱的坏良心的职业学校越来越多了。大家难道忘记了吗，职业教育本应免费，收钱实在荒唐。"有头有脸的评论家先生到了现在才痛心疾首地撰写文章，早在几年前，不良少年飞藻就已不信任银行和职业学校，离家出走了。

义郎只好承认自己教错了。过去他告诉飞藻："再没有比房产更可靠的东西了，如果在东京的一流地段有块自己的土地，将来价值只升不降。"而现在，包括一流地段在内的东京二十三区，全体都被指定为

"无法长期居住的综合性危险区域"，那里的土地和房产也丧失了金钱价值。其实，如果单独测量饮用水、风、阳光和食物的数值，都在安全基准之内，没有溢出危险线；然而，如果长期身处其中，受到多重综合有害物质影响的可能性极高。数值可以分别测量，人只能整体性地活着。虽说还不至于危险，但越来越多的人离开了二十三区，他们不想走得太远，离海近的地域也危险，所以人们纷纷看中了奥多摩[1]和靠近长野的山区。继承了二十三区土地和房产的人无法转手卖掉，只好将其空置。义郎的妻子鞠华就是这样。

义郎认为，自己给子孙留下财产和智慧的想法，不过是一种傲慢。他现在能做的，就是和曾孙过好每一日，这需要他有柔韧灵活的身体和头脑。很多事情他已经相信了一百年，坚信其正确性，现在必须有怀疑的勇气了。他必须像脱掉外衣一样，轻快地甩掉荣誉和自豪，从此单衣而行。就算寒冷难耐，也不去买新外衣，而是活得像一头熊，想方设法让全身长满密实的体毛。义郎曾经无数次握紧拳头，告诉自己：我

---

[1] 东京西部的山区。

不是"老人",跨越了一百岁的界限后,我就是新人类了。

门口传来报纸落地的声音。每天清晨听到这个声音,义郎都会忙不迭地跑到门口去看。无论他速度多快,送报女的背影届时都早已小如中指,能看到她结着整齐的丸子鬓,长颈、溜肩、细腰、圆臀,小腿肚上有结实的肌肉。义郎向她的背影大声喊:"辛苦你了!"背影没有反应,不知声音传递到了没有。

义郎站在屋外打开报纸,他年轻时没看过报,自从报纸这种媒介全面倒闭,又重新复活后,义郎每天都要读报,边边角角,不落下任何一条内容。他的视线在政治栏目上低空掠过,被"规章限制""标准""适应""对策""调查""慎重"的芒尖刺中。他开始细读每个字,一步步走进沼泽泥滩。早晨不该看报纸,他要先送无名去学校。在他心里,"学校"这个词里还蕴含着些许微小的希望。

义郎把报纸放在玄关,走进厨房,把橙汁递给无名。那是一个竹杯,带着细细的吸口。

"冲绳能种柑橘吧?"无名喝了一口问道。

"可以。"

"比冲绳更南的地方呢？"

义郎紧张起来："谁知道呢。不清楚。"

"为什么不知道？"

"因为现在锁国了。"

"为什么锁国？"

"每个国家都有自己头疼的问题。为了不让一个问题在世界上传染开，各国决定内部自行解决。你记得吧？以前我带你去过昭和平成[1]资料馆，各个房间用铁门相隔，就算一个房间起火了，火苗也不会窜到隔壁。"

"这是好办法吗？"

"好不好很难说。只要锁国，至少日本企业利用贫富差距从邻国赚钱的可能性会降低。外国企业无法再利用日本的危机赚钱，危险双减。"

从无名的表情上，看不出他是否听懂了这段话。义郎不打算明确告诉曾孙自己是锁国反对派。

没有人针对锁国政策毫无顾忌地发言，然而社

1　1926 年至 1989 年为昭和时代，1989 年到 2019 年为平成时代。

献灯使

会上还是随处可闻关于水果的不满和牢骚。自从不再从国外进口农产品，橙子、菠萝和香蕉等只能从冲绳运过来。四国岛到处都种蜜橘，却很难流通到东京，因为四国岛采取了当地产、当地全部吃掉的政策。不仅如此，四国还给赞岐乌冬面和德国面包的做法申请了专利，靠卖专利赚钱。

有一次，义郎看到面包店卖蜜橘，上写"四国产"，飞速买了两个。看来面包店主和四国确实有深层联系。两个蜜橘一直放到星期六早晨，义郎打算和无名一起悠闲地吃掉。没想到，在周六到来之前，先迎来了一个新增的休息日，义郎忘记这回事了，最近新增的休息日他总是不记得。虽然他经常看年历，脑子里还是没有概念。

新增的一些休息日不是历代天皇的生日，名称和日期是由国民投票选出来的，真正富有民主精神。最初，政府针对该有什么假日向民众争取意见——从前有"海之日"，提醒人们思考被污染的海洋，民众便提议也应该有"川之日"，借此向往昔被灌了工业废水的悲惨河川致敬；从前有"绿之日"，再设一个"红之日"也不错；现有的"文化之日"太抽象、太空洞，民众强烈希望设立"书籍日""歌曲日""乐器日""绘画日""建筑日",最终都成功了。

"敬老日"和"儿童节"改了名字,变成"老人再接再厉日"和"向儿童道歉节"。"体育日"会让现在身体无法发育的儿童伤心,于是改成了"身体日"。

"勤劳感谢日"也改了,为了不让想劳动却没有机会的年轻人伤心,改成了"只要活着就好日"。

民众不仅在考虑增加节日,关于应该废止"建国纪念日"的意见也如洪水泛滥,理由是如此卓越的国家岂是一日就能建成的。最终,"建国纪念日"被冲走的这一天到来,再难觅其踪影。

另外,现在性交行为几近衰微,为了鼓励性交,设立了"枕间日"。还有给已灭绝的动植物焚香上供的"灭绝物种日",庆祝互联网彻底消亡的"欲死网破日",以及真挚思考如何吸收钙质的"骨密度日"。

可以吃到蜜橘的日子,无名总是心情很好。他喜欢按压橘子瓣,感受那种指头肚般的柔软。义郎本想说"食物不可以玩",转而却把一瓣蜜橘塞进嘴里,压下了想说的话。玩食物也没什么不好,说不定玩着玩着能琢磨出一种新吃法。玩吧,孩子!玩吧,和食物玩吧！如果无名问他，蜜橘该怎么吃，义郎打算回答，你自己想吧！无论什么吃法都是好的，你一边玩一边思索吧。不过无名没有问。

义郎这一代人曾相信水果有正确的吃法。橙子要这样剥皮，葡萄柚要用那种勺子。他们相信，只要将吃法统一，加以仪式化，细胞就会对唤起酸感的危险信号睁一只眼闭一只眼。这种骗小孩的说法到了无名这一代行不通了。无论哪种吃法，水果唤起的危险信号都会警笛长鸣。吃猕猴桃会呼吸困难，舌头被柠檬汁刺痛后会麻痹。不仅水果，菠菜吃了烧心，香菇引发头晕。无名刻骨铭心地知道，食物是危险的。

"柠檬好酸，我眼前发蓝。"

无名第一次吃放了柠檬的冰镇甜点时说。那之后，义郎每次看到柠檬的黄色，都感觉里面掺杂着蓝。于是，有一瞬间，他仿佛碰触到了一个未经处理的、原生的地球。

为了给曾孙弄到水果，老人们杀红了眼，犹若亡灵，彷徨于一家又一家菜市之间。过去只有书籍价格固定，现在水果和蔬菜由国家统一定价，无论多到溢出，还是少到不够卖，橙子的定价都被指定为一万日元一个。如果不是通货膨胀，水果价格里不可能有这么多零。

也许因为本州岛现在气候变幻无常，狂暴危险，不再适合农业。东北地区相对来说还算好，那里种植营养价值很高的"新型杂谷"，赚了不少钱。大米和小麦仍在生产，总量与往昔相比减少了。本州问题最多的地域，是茨城[1]和京都之间。这里有时八月下小雪，二月里热风运送来大量沙尘。点过眼药水、赤红着眼睛的男人之所以在道路边缘蟹行，是因为如果走在道路正中，精力会被穿街而过的肆虐暴风夺走。用头巾遮住头发、戴着太阳镜的女性在同一个地方往复徘徊，仿佛电影某个外景戏总是拍不好，需要反复重来，那是她们在与外界空气引发的内心不安搏斗。有时夏天三个月不下一滴雨，世界变成土褐一色；有时热带气旋引发大暴雨，淹了地铁车站。

无数本州男女搬往冲绳，仿佛是被旱魃和暴风雨驱逐过去的。如今说到农业兴盛的土地，冲绳之外还有北海道。与冲绳不同，北海道不接收移民，他们

1　位于东京以东，与京都相隔约六百公里。

害怕新增移民会破坏自然与人口之间的平衡。这是出生于北海道旭川的某人口学专家的提议，经他研究，从前北海道土地过分广阔，人口稀少，实际上这种密度才是最理想的。于是北海道决定不再增加人口，其他地域的人若想搬到北海道，必须经过特别许可，没有特殊理由，一律不予批准。

而冲绳最开始无限制接收了本州岛过来的移民，后来，他们害怕只有男性劳动者数量增多，便改为若想去冲绳农场干活，必须夫妇一起申请。独身女性或同性伴侣也可以申请，唯独独身男性不行。独身女性搬到冲绳后若是变性为男性，还是可以继续居住的。只有出于工作原因，才能移民。冲绳除了农场，几乎没有其他工作场所，所以只有具体找好农场工作之后，才能申请。

因为保育园和托儿所数量不够，夫妇若想带着不满十二岁的孩子一起去冲绳，也是不被批准的，只能先把孩子寄养在亲戚那里。中途生孩子会给冲绳添麻烦，所以五十五岁以上的女性，以及做过阉割手术的男性优先。报纸曾经登载，某女性在脸上画了皱纹，人工脱色漂白了头发，假报年龄，只想求一份工作。实际上，冒充大岁数做起来很难。年轻人不懂古旧农业机械开关上的英语"ON/OFF"（开 / 关），会立刻引来怀疑，由此暴露真实年龄。哪怕只是稍懂英语，也能成为岁数大的证据。无奈年轻人从未见过电器开关上标着"ON/OFF"，就连这种简单词语也不懂。现在禁学英语，英语之外的塔加洛语[1]、德语、斯瓦希里语[2]和捷克语等语言还可以学。然而，教科书和老师都太难找，人们没有机会鉴赏他人的学习成果，自然也没人愿意学。在公众场合唱外语歌曲超过四十秒便是违禁行为。还有，禁止出版翻译小说。

义郎的独生女儿天南和她丈夫，用特制的蓝色棉布工作服包裹住年轻而肌肉强劲的六十岁身体，兴冲冲地移居去了冲绳。夫妇两人原本认为，工作服必须能表达个性，不想穿农场的特制工作服。天南有一头茂密长发，躺倒后几乎可以覆住全身。干活时她会束起头发塞进麦秸帽里，帽子也是经过特别设计的。

义郎已经很久没见天南了。报纸时常报道，冲

---

1 即菲律宾语。在菲律宾语中，"Tagalog"原意是"住在河滨的居民"。
2 属于尼日尔 – 刚果语系、大西洋 – 刚果语族沃尔特语支，是非洲使用人数最多的语言之一。

献灯使

绳生活之丰富充裕是东京人无法想象的，那边每天都能吃到几乎不要钱的水果和蔬菜。不过冲绳禁止个人外运农产品，所以移民们无法给本州岛的亲人邮寄。

冲绳群岛农场生产的农作物由"马车"运至港口，再由九州岛的运输公司船运到新枕崎[1]大港。说是马车，拉车的其实不是马。报纸上不时登载讽刺画，狗、狐狸和野猪拉着装满水果的板车，说不定就是现实，并非讽刺。

九州有多家运输公司，旗下的运输船上装载着巨大蘑菇伞形的太阳能发电板。其中立神海运规模最大，绝大部分的农产品经由他们的船舶运往日本各地。说是日本各地，实际上价格高昂的水果几乎都运到了东北地区和北海道，只有少量流通到东京。北方各地用来交换水果的鲑鱼和大米被运往冲绳。现在这个时代，成捆的现钞、股票和利息早已黯然失色，能物物交换的地方才有优先待遇。鲑鱼其实曾经灭绝过一次，后来一个全身星纹的珍稀品种复活了，尽管对肝脏有害，但吃起来美味，一直很受欢迎。

---

1 位于日本九州岛南端的城市。

在东京，与渺无人迹的二十三区相比，只有多摩地区还有众多人口，因为没有产业，长久下去只有贫困化一条路。在义郎的时代，曾有一个政治家因为"东京要是不行了，全日本都得完蛋，为了拯救东京，牺牲所有外地城市也在所不惜"的发言而被迫辞职，义郎对此也持批评态度。他认为唯东京独尊的egoism（傲慢利己）堪称 edoism[1]，可是每当大声说出"东京"二字，他的心依旧会激烈跳动，热潮汹涌，感受到强烈的爱意。如果东京消失了，他觉得自己也会分崩离析。

现在东京也在搞"振兴农村"的活动。义郎在报纸上看到有一项社会工程，旨在打造"江户"品牌，让东京重现工业化之前的旧日江户魅力。义郎也想参加。

东京的"西域"种植了不少大豆、荞麦和新品种小麦，但生产规模有限，不足以向外地出口，而且缺乏独一无二的特产。说到东京的新产品，换在过去，人们会首先想起接线插座，可现在已经卖不出去了。

1　"edo"即日语中"江户"的发音，江户是东京的古称。

过去城中电流无处不在，越来越多的人患上"麻酥酥病"，手脚震颤，情绪不稳定，夜间失眠，人们对电器因此产生了厌恶情绪。后来报纸还刊登文章，说不眠症患者到了不通电的山区帐篷村，能立刻很香地熟睡过去。有位当红作家在报纸上发表随笔，说自己一听到吸尘器声，小说就写不下去。当然，这些未必是真正诱因，不过几乎在同时期，人们对吸尘器的厌恶情绪开始蔓延，零吸尘器的新时代到来了。义郎很高兴，他最讨厌吸尘器的声音，认为实在难听，如同经由地道吹上来的黄泉阴风。临时住宅在这方面设计得很用心，用抹布和笤帚做简单打扫即可，临时住宅的居民便不再使用吸尘器了。

随之消失的还有洗衣机。起初，临时住宅的居民都用手洗棉质内衣，挂在屋外晒干，后来逐渐推广开了。至于内衣之外的衣服，有职业洗衣人上门取送。这种营生过去叫作洗衣店（cleaner shop），陷入灭绝危机后，改称"浣濯小铺"，重新获得生机。当然，这是因为比起每三年换一次洗衣机，浣濯小铺的价钱相对更便宜，也因为社会上流传开一条颇具说服力的奇谈：机械一开转，人脑就停转。不过，真的有小学做过实验，小孩子做作业时，若拔掉家中所有电器的插头，孩子成绩嗖的一下就上去了。

义郎年轻时，一听到洗衣机转动，便心情沉郁，现在不用担心了。看电视会变胖，越来越多的人为了减肥，扔掉了电视机。叫作空调的物件早就是老古董了。冰箱残存到了最后，不过也没有电线插头。唯一能买到的冰箱是利用太阳能制冷的“南极星”牌。

东京临时住宅区告别电器的生活方式，作为时尚典范，走到全国之先，但这只是“明明有，却不使用”的价值观，无法作为特产外销。所谓“振兴农村”，首先要找到一种能实际看到的东西。

说到东京，人们马上会想起下町[1]。说到下町，那便是雷击米花[2]。很遗憾，说到能产生雷击之物，除了电器没有别的。人们想从古代江户的传统中寻觅不用电的东西，最终还是在雷击米花这儿碰了壁，山穷水尽确无路，多么讽刺。

若有唯东京才能栽培的蔬菜就好了，可惜没有，

1　东京东部地势低洼的传统老城区。

2　也称“雷粔籹”，一种米花糖，名字源于浅草寺的雷门。浅草是非常有代表性的东京下町区域。

当不成特产。这就是该动脑筋的地方。毕竟除了脑筋之外，没有其他可以动用。比如，有些蔬菜在其他地方可以种，但其他地方都瞧不上，东京反而拿来做主力，如何？还有人认为，江户人精神是追新求异，现在不能从外国进口奇异新物赚钱了，可以改变思路呀，挖掘古旧传统之物，让古物在当下重放光彩就好。

在这种掘古风潮中，茗荷[1]博士一时风头无两。茗荷博士的着眼点是昭和初期出版的某小说里有一句"厕所背后的茗荷长势特别好"。说到在东京很多、外地却少见的东西，那便是巨大公厕。茗荷博士四处搜寻公厕，只要发现厕后有阴暗潮湿的空地，就买下来，在那里放置高约两米的玻璃箱，箱内每隔三十厘米分成一截，装入混杂了矿物质的人工泥土，种植茗荷。至于为什么厕后的茗荷长势旺，博士没有告诉任何人理由，他着重强调的是：茗荷看似没有营养，然而从前修行的僧人都避开茗荷不食，说明茗荷有非同小可的增强活力的功效。他还宣传，都说小孩不喜欢吃茗荷，但如果让孩子从小吃起，孩子就会像喜欢冰甜食

1　中国多称阳荷，姜科植物。

一样爱上茗荷。其理由是茗荷内含丰富的至今未知的营养成分，有助于当代儿童由内而外地健康成长。

义郎给无名买过茗荷。无名闻到茗荷的气味后，眯细了眼睛，一脸惬意。但只买到这么一次，之后再没见到过。茗荷博士的大名上眼见着长起了忘却草。

其他短暂流行过的东京蔬菜，还有蓼草。有句谚语说"就算是蓼草，也有虫子喜欢"，导致人们对蓼草心存偏见。既然其他地方没有好事者专门种蓼，东京某公司瞅准机会，想把蓼草打造成东京名产。他们甚至邀请东京都知事拍了拿蓼草叶做沙拉的海报，四处张贴，未料起了反作用。绕口令在坊间流传开，"潦草聊聊蓼草就撂下了"在人们舌上开花，蓼本身几乎无人问津。

义郎有次在菜店看到成捆的黑绿色草，觉得眼生，刚要驻足细看，掌柜的立刻过来吆喝：

"这就是大家都在说的蓼，您就当给东京加油了，来一捆吧？"

换在平时，掌柜的会夸蔬菜好吃，此时却用"加油"这种运动会才用的词，义郎本应立即察觉出不对劲儿的。然而，他买了一捆回家，在捣钵里捣碎，混

74

上醋。他听说蓼和香鱼特别配，无奈香鱼据说受污染程度颇高，怎么能给无名吃呢？义郎便用蓼搭配了白水煮嫩豆腐。

"对不起，太难吃了吧？"

义郎后悔不迭，连连搔着头皮，给无名道歉。无名一脸难以言喻的表情。

"美味还是难吃，我们不在意。"

义郎没想到无名从这种角度指出了他的轻率。他惭愧得说不出话。很多老年人被年轻人批评后会恼怒翻脸，义郎从未这样对无名发过火。义郎反而时常痛心，认为自己这些老人无意中频繁伤害了年轻人。现在，所有人都陷于问题的泥潭，可大人们还总是把"这个好吃，那个难吃"挂在嘴边，仿佛美食能带来高高在上的优越感，妄图忘记污泥已经淹到了腰。真不知小孩看到他们这副样子会怎么想。要知道很多毒素没有味道，无论怎么磨炼味觉，也保护不了性命。

东京居民拿茗荷和蓼草当高级蔬菜栽培，试图出口挣钱，冲绳人一定觉得很滑稽。义郎不时给天南寄一些图片明信片，自嘲地提到蓼草，可惜天南没有反应。说不定她压根儿没听说过蓼这种东西。

义郎每次写"蓼"这个字，都会忆起书写汉字时的喜悦。带着猫科动物的幼崽拿小爪子抓挠树皮的心情，他慢慢地写这个字。

义郎喜欢写明信片。有时他觉得，自己又不是在外观光，给家人发什么图片明信片呢。但写信用的信纸太辽阔，他不知该写什么，最终一个字也写不出。图片明信片就不一样，纸面狭窄，落笔时就要想好如何收尾。能看到终点总是安心的。他小时候一直认为，医学的最终目的是长生不死。那时他从未思考过"死不了"的痛苦。

橙子有统一定价，邮票却没有。如果举例说明邮票的贵贱之别，就是雷鸟图案的贵得惊人，国会议事堂图案的等于白送。邮局有时候搞"一千张邮票"的义卖，义郎看到后，心里却在想，一千张邮票似乎在提醒自己，纵使写过一千张明信片也依旧死不了，便顿时不想买了。

义郎觉得今天是适合写明信片的好日子，买完菜回家的路上，在明信片店买了十张。现在谁都可以随心所欲地开店，街上出现了很多小摊式的店铺，明信片店便是其中之一。店主是新手，心血来潮开了店，对此没想掩饰，店门口上方随意地挂着歪斜的手写招牌。可能店主认为，只卖自制的明信片难免尴尬，所以也顺便卖些怪异的阳伞和文具。伞身明明是透明的，光线却照不进来，义郎不由得买了一柄。还有能发出鸟叫的铅笔，滴几滴水便缩成鸳鸯形状的折纸，肖似柠檬的大橡皮，这些都是无名喜欢的东西，所以义郎总是一个人来买。

女店主是天南的初中同学，她从上中学起就喜欢压花，把紫花地丁称为好友，对车前草挥手致意，向野茉鞠躬，给大波斯菊写情书，可是到了星期天，她就将植物连根拔起，压平，将自然平面化，做成明信片卖。她用的几乎都是杂草，不过在自家庭院里使用人工泥土培植的，恐怕也不好称为杂草。义郎问过她，为什么费力气种杂草呢？她说杂草快灭绝了，必须人工培育才行。

"您知道吗？杂种狗快要灭绝了。"

如此说来，确实如此。贷犬店招牌上介绍的全部是纯种狗，其他地方连狗的影子都看不到。

义郎拿着明信片去付钱时，喜欢靠在收银机旁的柱子上，和店主聊一会儿天南的事。

"天南现在还好吧？"

"没听说她生病。"

"橙子农场的工作是重体力劳动吧？"

"她身体很结实。"

"因为她高中时参加抬神舆[1]社团，锻炼了身体呀。"

"这么说的话，你高中参加的是田径部？"

"田径赛跑对现在的生活没有帮助。就算去野外狩猎，也没有动物，好空虚啊。"

压花艺术家这么说着，把铅笔握成长矛的样子，单腿高高抬起，膝盖高抬到胸口处。她七十多岁，是充满活力的青春老人，怎么青春洋溢都不足为奇。

"天南上次来信说了什么？"

"她说第一次看见了新品种的红菠萝。"

"太让人羡慕了，冲绳。"

店主说着，把十张明信片装进植物纤维制成的小袋子里，递给义郎。义郎还想和她再聊一会儿天南。

---

[1] 日本传统祭祀活动中需要众人抬起的神轿。

献灯使

"住在冲绳的人管那地方叫琉球。"义郎不动声色地说了一句能引起店主兴趣的话。

"琉球？真不错。难道他们想独立？"

"这倒没有。如果独立成了外国，就不能把水果卖给锁国的日本了，劳动力也过不去了。"

"这就好。您见不到天南，也太寂寞了呀。"

这时，义郎莫名想起了希尔德加德。希尔德加德有个日本朋友，名叫露草。义郎虽没有见过她，但希尔德加德经常提起，他觉得露草就像一个熟识多年的老朋友。

露草年轻时为了学习小提琴，去了德国，之后在克雷菲尔德城定居，与在音乐会上认识的伊朗人结了婚，生了双胞胎。义郎听说，他们夫妇坐飞机回父母家时，一人膝头抱一个孩子。他们每年正月之前都会回一次日本，但慢慢地回不来了。今生再不能回到日本，究竟是一种什么感觉？

冲绳虽然远，终究是日本国内，努努力就能过去。不过，义郎一想到要去冲绳，就觉得四肢无力。为了无名，他得节约体力，想到这里，就放弃了去冲绳的念头。

还在上学时，义郎有个潇洒的同学，背着土里土气的体育用品包，远行去了南美洲和非洲。义郎问他，为什么不买个背囊？同学回答说，背囊太像观光客，用起来脸红。同学真潇洒啊，没有摆出夸张的海外旅行客姿态，更像学校的体育社团活动结束后，回家时绕了个路，背着随处可见的体育用品包，趿拉着运动鞋，顺便去了外国。同学装扮得这么不起眼，也无须担心被捕吧。

"天南寄来的明信片，很多是用果汁写的字，用火炙过后才显形。"

眼看着话题即将结束，义郎又喃喃了一句，仿佛偶然捕捉住了一根飘到眼前的绒毛。

"啊，那么好啊。用果汁写信，冲绳真奢侈。柠檬汁吗？"

"我也不清楚，下次我问问她。很久很久以前，记得我上小学时也玩过，特别有意思。我们组建过一个秘密团体，同伙递来一封秘密书信，回家后悄悄放到炉子上，得把字烤来看。"

"我也记得。不过我想点蜡烛，被爸妈骂了，说是万一地震，蜡烛会引发火灾。"

献灯使

"究竟是什么原理？"

"纸上染着酸水的部分容易烤焦。把纸张凑到火边，柠檬汁写的字会先变成焦褐色。"

"是这样啊。就像水彩颜料在纸上晕开似的，从黄色到褐色，有深有浅，非常漂亮。"

"颜色晕开后，看上去就像一幅风景画，很神奇。"

"天南寄过来的明信片也是。最开始，每一张都像有水的风景，细看就感觉水烧焦了，细小火焰留在纸上，有点儿可怕。"

"燃烧的水？"

"是啊，如果大量石油流进大海，就算是大海，也会烧起来。"

"请不要再说这种可怕的话。天南在那边生活得很富裕吧。"

"可能吧。"

"水果多到吃不完？"

"天南净在说水果。不过，就算那边有了红菠萝、四方形的木瓜，反正运不到东京，听着怪没趣的。说实话我有点儿担心，难道不奇怪吗？怎么只说水果呢？这要是在从前，我会马上怀疑她被洗脑了。"

两人骤然沉默，内心所想基本一致。果树园像那种果蔬工厂，人被封闭在厂里，工作生活其实比外人想象的要艰辛。乍一听果树园，往往会当成无忧乐园，满心憧憬地浮想出一幅画面：乐园之人在山上漫步，寻找蘑菇，玩赏青苔满阶的迷你农场，享受带着羊齿叶味道的湿润空气，解读鹿的足迹，分辨是什么鸟在啼啭……总之游乐于大自然间。但是，天南的生活不可能是这样，她从早到晚都在名为果树园的工厂里干活。如果生活在大城市，还有很多乐趣可享，周末可以去看展览，听音乐会和讲座，结识新朋友，散步时发现新的小店。东京现在确实是一座贫穷的城市，可依然有很多新的小商店水泡似的从四处浮上来，在水面盛放。坐在路边长椅上的行人只是远眺一下这些店面，也觉得有趣，不会厌倦。只要在城里走走，脑内齿轮就会慢慢开始运转。如果日常生活是水果，这些就是水果最美味的部分，即便住宅狭小，食物不足，"想在东京居住族"却不见减少。

难道天南的脑子里只有水果吗，还是因为政府审阅书信，很多话无法写在明信片上，抑或她有什么在瞒着父母？总之，义郎认为背后另有隐情。每当他看着女儿的来信，都觉得烦躁，似乎无形之手遮住了信上的部分文字。

换在过去，还有电话这种东西，可以给天南打个电话问问。不过义郎依旧认为，电话消失是件好事。过去他和天南在电话里总是吵架，最后的结局，不是他就是天南咣当一声砸下话筒。天南说，我最讨厌酸的。义郎听后回答，你就是嘴刁，这个不吃，那个不吃，小时候就经常感冒。天南一听火冒三丈，你不能强迫孩子吃她讨厌的东西，孩子会失去感觉，无精打采，不知道自己喜欢什么。义郎反驳，我可从来没强迫过你！天南听完继续接茬。现在使用明信片联络，两边不能立刻回击，一想起明信片上写的是一星期前的事，怒火也会瞬熄。

每次明信片送到，义郎都会拿给无名看。无名认真地看着明信片上的干花，和绘画不一样，干花的身体是被压瘪了的。对无名来说，这是一个奇妙的立体变平面的实例。

义郎说，"你奶奶写来的"，无名听后暂时蒙蒙的，"奶奶"这个词好陌生。就算无名拼命挖掘"奶奶"留下的回忆，也不过是上次寄来的明信片上的柠檬字罢了。他好像从来没说过"爷爷"这个词。无名从未想过"爷爷"和"曾"可以分割。过去小孩子口中的"妈妈",对无名来说,就是"曾祖父",他只有曾祖父这一个家人。他生存所需的一切都是曾祖父赋予的。

曾祖母对无名来说也很遥远。上次曾祖母过来看他时,他兴奋得好像身在祭礼之夜,翻来覆去睡不着。义郎那一夜也辗转反侧。

无名问曾祖母叫什么名字,义郎嘟囔着说,叫鞠华。最近越来越有小大人样的无名笑眯眯地说,"鞠华?这名字挺漂亮。你们怎么认识的",义郎的心猛地一跳。

认识,他对这个词没有实感。和鞠华初次见面是在哪里?想不起来了,仅存的记忆里,他和鞠华已经每星期都在游行时见面了。只要回忆起恋爱,他便会想起游行。那时每周日必有游行,其实相当多的夫妇最初都是在游行时相识的。说不定有人就是想相亲,才参加了游行。

只要参加游行,就一定能见面,所以不必交换联系方式,也不用约定见面地点。两人走路速度都快,走着走着就到了队伍最前列。就算是游行人多、队伍长的日子，义郎只要走上十五分钟，就会发现鞠华也走到了他身边。他们聊天气，聊鞋子，无论聊什么都热火朝天，笑颜对笑颜，脸上光辉闪现。最后他们爽朗地道别，下次见！根本没有谈恋爱的打算。但是，某个星期二的深夜，义郎从二手书店出来，几个少年上来围住他，用棒球棍砸他的头，抢走了他的钱包。义郎昏倒在地，醒过来时已经躺在医院病床上。病房天花板上的荧光灯似有晕眩重影，医生说义郎的脑电波未见异常。全身瘫软的感觉消失后，心口、手指等各部位疼了起来。他身体好几个部位可能出现了骨裂，全身擦伤数处、肿胀数处，加起来共有八十八处伤。尽管如此，他唯一担心的却是"怎么办！周日不能参加游行了"。

到了星期六，他早已按捺不住，星期天早晨趁天没亮就逃出医院，直接参加了游行。路人看着眼角和下颌贴着胶布、头上和手腕裹着纱布的义郎，以为他在表演，为他鼓掌喝彩。终于看到鞠华的背影了，义郎紧盯着鞠华后背的拉链，一路奔跑，忘记了自己的模样。他拍拍鞠华的肩，鞠华回头看到义郎的样子，惊讶万分。在得知事情经过后，她又为义郎带伤参加游行而二度惊讶，再之后，鞠华脸上泛起了红彩。义郎的心一下子被什么抓紧了。啊，我掉进了一个名为爱情的奇妙陷阱，爬不上来了，没有力气，也没有能力，只有投降。义郎蹲下去，双手捂住了脸。

鞠华说她怀孕了，义郎听后感到了漠然的喜悦。鞠华说我们结婚吧，她高亢的声音里有几分不耐烦，之后的几句拐弯抹角的话让义郎心里泛起不安，今后几十年，她能持续忍下去吗？鞠华说自己婚后也可能不经常在家，问他是否介意。义郎听后悄悄松了一口气。和经常不在家的人结婚，终归是不要紧的吧？就这样，义郎带着私心结婚了。

当然，曾有一个时期，他看不起这样的自己。不过那之后，他们之间上演了太多插曲，共同度过了太长的岁月，正解和做错的界限早已模糊不清。义郎小时候，曾在哪个百货商店里目不转睛地看过一台小搅拌机不停歇地回转，店员说："只要把牛奶、鸡蛋和砂糖从上面倒进去，冰激凌就会从下面自动转出来。"一模一样啊，从上面倒进义郎和鞠华，经过两道工序，下面转着圈子出现了无名。义郎想，如果上面什么也没倒，便没有下面了，所以这件事终究是好的。每当他回想这道工序，都深深觉得自己不是厨师，而是食材。

孩子出生后，鞠华在家待不住。吃完早饭，她把钱包、购物袋和孩子一起塞进婴儿车，离开家，先飞奔到十点钟开门的"牛奶小镇"咖啡馆，拿起三种当天的报纸走进座位区。孩子在婴儿车上熟睡着，靠在柜台上的女侍应生即使不特意走过来，光看鞠华的嘴唇形状也知道她想要咖啡。不一会儿，其他妈妈也都到了，咖啡馆里放满了婴儿车。她们发出埋怨的叹息，尖锐如针的批判，喜悦肆意的尖叫笑声，你一嘴我一嘴间不容发地细数不满之声，黏稠嫉恨里掺杂着取媚的娇音。到了中午，鞠华从附近卖公平贸易食品的店里买来做沙拉的食材，回家做一个快手午餐，和在书房里工作的义郎一起吃。近二十分钟里，两人以夫妇的姿态对坐，陷入亲密的沉默。吃罢，鞠华飞速收拾好餐具，推着婴儿车又出门了。她那样子，仿佛不是在带孩子出门，而是把自己的心情放到婴儿车上，头也不回地向前急奔。

那段时间，义郎在写一部小说，主人公是个足不出户的男子。这个人物并非畏惧社会不敢出门的茧居族，而是像一只寄生蟹，走出家门就会引发生理性的不安，所以他绞尽脑汁，想办法让有意思的人主动上门找他。

义郎想，对鞠华来说，这样从早到晚生活在同一屋檐下的生活一定很压抑吧？所以要想出各种借口，清早就迫不及待地推着婴儿车出门。

有一次，义郎和编辑约定在咖啡馆见面。去之前，他先把自己的构思写到纸上，离开家门时才发现自己要迟到了。看到编辑紧缩双肩坐在咖啡馆深处，寂寞地低头凝视着红茶表面浮起的半透明水膜时，义郎想赶紧入座，向编辑道歉，但店里拥挤，很难通过。这时，他才注意到这家咖啡馆像是无数婴儿车的停车场。婴儿们在可移动的小床上酣睡，母亲们紧皱眉头凑在一起谈论着什么。"资源再生循环""儿子好像要变成鸟了我很不安""盲目追求利益无视居民健康"，话语碎片飘浮在半空中，传入义郎的耳朵。母亲们投入地讨论着，杯中咖啡早已变冷，无人问津的蛋糕在玻璃橱柜里寂寞地干裂。义郎忽然看见一本书的封面，书名是《母亲们的悲观主义》，有位妈妈单手拿书，另一只手在婴儿车里转着圈子。义郎把脖子伸成长颈鹿的样子，能看到妈妈的手摸乱了婴儿的头发。鞠华也一定在其他咖啡馆里读着同样的书、说着同样的话，没准儿正在参加学习会、谈话会，河流交汇风雨如晦。啊，她们此时正在做什么呢？义郎心里七上八下的，和编辑谈完事后，走出咖啡馆，赫然发现人行道上也挤满了婴儿车。就在义郎闭门不出独自在书房写作的时候，外面的世界已天翻地覆，新诞生了太多孩子。街上到处都是婴儿车，母亲们聚集在咖啡馆里，布质遮阳罩下，新人类们噘着鸟喙般的嘴嘬着安抚奶嘴，不时蠕动被布裹着的身体，怨恨地望向义郎。这就是婴儿啊。如果他在外面见到女儿天南，也会觉得天南像个不可思议的神秘生物吧？信号灯转绿了，数不清的婴儿车隐去了斑马线白条。走进书店，书架前必定放着婴儿车。想伸手去够新出版的《自慰指南》，书架前竟放了三台婴儿车，只靠伸手根本够不到。踮起脚尖窥探一下，就看见婴儿那没有一丝阴霾、明亮如镜的眸子也正盯着自己。

终于有一天，鞠华教给义郎一个词——"婴儿车运动"，一场只要有太阳就可以尽可能长时间地推着婴儿车在街上游走的社会运动。母亲们不想再忍受了。那些起床后的阴郁心情，一个人空着肚子浑身无力涕泪横流无人来救的心情，无论这些心情是来自猛然惊醒的湿梦，还是来自一个人在家听着孩子号哭时，内心深处激醒的自身婴儿期的相同记忆。无论如何，母亲们受够了。她们开始推着婴儿车出门，走进贴着带婴儿车图标的咖啡馆，去看书、读报，和其他母亲交谈。

那一夜，义郎问鞠华，鞠华便用愉快的声调讲了婴儿车运动的大概。据说，若想知道城市建设是否在为步行者着想，推婴儿车走路是最好的测试手段。有的地方没有人行道，有的地方台阶过多，举步维艰。如果走到二氧化碳浓度过高的地方，交通噪声让人心烦气躁，婴儿会哭号，若是近旁有大量婴儿车，就会发生连锁反应。所有婴儿一齐发出的尖锐哭声犹如警笛长鸣，让步行者不由得停下脚步，从而切身感受到所处环境究竟多么令人不快，怎样充满了危险。据说现在有了一边走、一边储存太阳能电力的婴儿车。

义郎对充满善意的市民运动始终保持着戒心。奶粉味的善意里，包含着对专心书写阴暗变态作品、弃家人于不顾的作家的憎恶，义郎若是疏忽，这憎恶的硫酸便会滴落到他手背上，烧蚀皮肤。鞠华从未谴责过义郎的写作，也从未对他的书发表过意见。

女儿天南似乎在婴儿时代呼吸了太多外面的空气，长大后没事儿也喜欢在街上到处走，来了月经后，经常天黑了也不回家。义郎批评她，天南反驳说："十三岁女孩最有可能遭遇死亡的场所就是家里。比如在家遭遇强盗，或者全家集体自杀。你觉得外面危险？没道理。"

天南十八岁后抛弃了东京，进了九州一所优秀大学攻读无农药学专业。她总是强调，九州这个地方上起石器时代，下至江户时期，一直富有国际性交流的色彩。她还说过，"东京的自然太贫瘠了，我想移居南日本"。义郎不太明白，为什么女儿不直接说九州，而用了南日本这个词。天南大学毕业后也一直在南边生活，再未踏过下关[1]以北的土地。飞藻来义郎这里过暑假，也是由到东京办事的天南的友人送过来的。

自从女儿离开，鞠华便以工作为由与义郎分居

1　位于日本本州岛的最西端。

了。最初，她在儿童保护中心工作，那里收留的是离家出走、拒绝回家的孩子。后来为了收留无人照管的孩子，她在山里建造了"别人家的孩子学园"，担任园长。据说鞠华之所以能当园长，是因为她在筹措资金方面颇有建树。义郎没有筹措过资金，不知道该找谁筹措，怎么交涉，才能弄到这么大一笔钱，所以听到传闻后，感觉有些诡异。按说他们是夫妇，直接问鞠华便好，可是关系越密切，很多事越难问出口，待到义郎察觉，已经来不及了。两人没有吵架，没有离婚，只是平静地进入了分居生活。人无法逆转时间，只有被时间吞没。

天南夫妇移居冲绳后没多久，义郎开始为已经成人的孙子飞藻头疼。他几次想管教飞藻，然而他们的对话最终成了漫才。

"对你来说，最重要的东西是什么？"

"没有。"

"你好好想想。比如有时候，你觉得活着比死了好，这是什么时候？"

"兴奋的时候吧。"

"你什么时候兴奋？"

"还用问吗，就那三种呗。"

"哪三种？"

"买。打。喝。[1]"

"你这话，缺乏行为目的宾语。"

"就没目的。"

"没问目的，我在问你宾语是什么。德语的第四格，俄语的给格。"说完义郎又觉得在白费口舌，连忙改口问道，"买什么，打什么，喝什么。"

飞藻笑嘻嘻地回答：

"买漫画，打本垒打，喝热巧克力。"

"混账。你唯一的特长就是胡说八道。你学着写小说吧。"

"不学不学。最怕撞死线。"

"不是撞死线，是按时交稿。那写诗呢？诗人不用考虑交稿时间，有灵感的时候写出来就行，从今往后，估计再没有比诗人更赚钱的职业了。"

"哦？能赚钱啊。不过我不擅长赚钱。"

---

1 买淫，打弹子，喝酒。打弹子即赌博的一种。

无论义郎怎么套话，飞藻始终嬉皮笑脸，油盐不进。说着说着，飞藻烦了，开始假惺惺地吹捧义郎：

"爷爷才高八斗，写自己想写的小说就能生活，我羡慕死了。从今往后请爷爷多多加油。"

义郎哭笑不得，不知怎么反驳，只好呆呆看着孙子线条优美的鼻梁和细长凤眼。

飞藻上高中时就经常在外过夜，高中退学后干脆不回父母那儿了。义郎有时怀疑这是基因遗传，从妻子鞠华到女儿天南，再到孙子飞藻，都不喜欢与家人同住，都飞到了别处。

有一天，飞藻带着一个美如仙鹤的女子来见义郎，说他们即将结婚，不举行婚礼，只办理户籍手续。几个月后，无名出生了。那时飞藻正在其他地方旅行，只有义郎陪伴在新生儿和产妇身边。分娩比预产期提前了两个星期，产妇出血不止，昏迷不醒，被送进重症监护室（ICU）。医院将新生儿放入透明棺材似的玻璃箱，连上管子助其呼吸。

三天后，无名的母亲停止了呼吸。飞藻依旧去向不明。义郎希望尽量延迟葬礼，无名母亲的遗体被安放进医院的"安眠冷冻室"里，蜡像似的熟睡着。

再说无名，与其说是刚出生，不如说"刚煮好"更确切些。无名被取出玻璃箱，在护士们温暖而精心的照顾下，在义郎的激励声中，将人生最初的几日呼吸进了身体。

无名母亲去世后的第五日，义郎被叫到安眠冷冻室前，两个从远方应邀而来的专家想和他谈话。专家甲表示，死者遗体发生了出人意料的异变，不宜继续冷冻，应当尽早火化。专家乙则说，为了学术研究，想将遗体解剖后泡进福尔马林里，希望义郎同意。义郎不明白所谓的"异变"是什么，无论他怎么外行似的提问，专家都没给出能让他联想起具体图像的解释。义郎口气强硬，表示只有亲眼确认遗体，才能决定下一个步骤究竟是火葬还是捐赠。专家们很不情愿地带他去看遗体，义郎只看了一眼，就惊叫出声，又单手捂住口鼻，赶紧伏下视线。他不敢相信眼前的景象，再次战战兢兢地抬眼看过去，这次不再像刚才那么惊愕了。毋宁说，那是美丽的身姿。后来义郎无法正确再现自己看到的情景，因为那个身姿一直在他记忆里成长，不断发生变化。那张脸的中心变得凸出，已成鸟喙；肩膀肌肉隆起，生出了白天鹅似的翅膀；那脚趾不知从何时起，变成了鸟足。

去世七日后，死者遗体被送到火葬场，参加小型葬礼的亲属只有义郎一人，飞藻依旧去向如谜，天南说自己来不及从冲绳赶过来，一切拜托义郎。鞠华倒是挤出时间赶到了医院，那时无名已经出生十一天了。义郎骄傲地站在无名的床边，仿佛是他自己生的。

"怎么样？一看就是聪明孩子，而且有男人样儿。"

鞠华看了无名一眼，立刻找出手帕拭去眼泪，逃跑似的离开了新生儿室，义郎想追上去，可是无名哭起来了，义郎便留在了那里。

最初，护士们把义郎当作前来看望的亲戚，慢慢地，护士们开始把奶瓶递给义郎，教他怎么换尿布。脏尿布只要放进篓里，每天护士就会送来新洗干净的。

"我一直以为尿片是纸做的，用完即扔。"

负责无名的护士听罢，颇为不满地哼了一声，随即笑了，仿佛在说："所以啊，你们这些老年人最麻烦了。"一旁另一个护士清清嗓子：

"要是用纸做尿片，像您这样的作家先生就没有稿纸写小说了。"

义郎默不作声地投降。看来他的作家身份早已露馅。护士们早知道这个笨拙地为婴儿换尿片的老人实际上是个躲在笔名后偷偷写小说的人。

最开始，义郎以为没妈的孩子才喝奶粉。认真观察后，发现所有母亲都用奶粉喂养婴儿。护士解释说，这是因为，至今还没有一个实例能证明母乳百分之百安全。母乳里浓缩着太多要素，能让人活，能让人死。义郎听到奶粉里完全不含牛乳成分后，开玩笑似的问："难道里面有狼奶？"护士没听出好笑，严肃地告诉他："不含狼奶。但含蝙蝠奶。"

只要义郎提问，护士们就会耐心回答。在护士们的帮助下，义郎每天早晨来到医院，心情愉快地照看无名，慢慢地他发现医院里完全不见医生的影子，于是好奇地问了护士。负责照看无名的护士仿佛被侮辱了，和往常一样露出"所以你们这些老年人最麻烦了"的表情，笑了笑，没有作答。义郎万般小心地又问了其他护士，才知道在妇产医院，医生、护士和助产士的职业区分早已废止了。

无名出生后的第十三天，飞藻才冲进妇产医院的新生儿室。他上气不接下气，费力地在喘息的空档里挤出一句：

"爷爷……"

之后就说不下去了。义郎看着眼含泪水、沉默无语的飞藻，想安慰他，于是试探性地说：

"这就是你儿子，我给他起名叫无名。无名，就是没有名字。你有意见吗？"

飞藻像小孩一样号啕出声，本在酣睡的无名被惊醒，跟着哭了起来。两人哭声的波长那么一致，活像兄弟两个打架，挨父母骂之后，一齐哭出了声。

飞藻说自己为了治疗重度依存症[1]，进了疗养院。那里不允许接收外界信息，唯独告诉他妻子去世的消息，他好不容易才获得了外出许可。他究竟是犯了事被抓进去，还是主动去的，疗养费哪里来的，这些义郎都没有问，只像哄小孩一样对飞藻说：

"无名由我来照顾，你放心吧，安心养好病再回来。"

就是因为飞藻这种没长大的孩子也有了孩子，世

1　精神性疾病，患者因某些事或摄入某些化学物质，必须极度依赖某种事物或某个人。

上才挤满了小孩。

"这附近有家店不错，带你去吃点好吃的吧。"

听义郎这么说，飞藻脸上终于露出了浅笑。

"谢谢爷爷。时间过得太快，连我也当上爸爸了。"

这句台词之后还跟着一声轻微的叹息，仿佛在演戏。义郎想怒吼："你没有当父亲的资格！"不过他忍住了。

"你究竟是什么依存症？让狗疯跑，不是已经不玩了吗？这回呢，画着漂亮花的纸卡片？"

义郎没有直说赌博的种类名，故意装傻。

"爷爷，依存症到了我这种程度，对象是什么都无所谓了。我是重度依存，只要能感受到兴奋，什么都行。"

"你赌的是什么，轮盘赌？"

"不是。"

飞藻红着脸低下了头。义郎紧追不舍，他必须问出个所以然。费了一番力气终于问出答案时，义郎不由得瞠目结舌，下一秒爆发出了大笑，把心中的怒火都吹跑了。

众人都说，孙辈是宝，做什么都可爱。义郎根本没时间考虑飞藻多么可爱，对他来说，飞藻完全是一棵结满了恼人果的树。飞藻还在蹒跚学步时，顺着椅子爬上当时流行的自动家务综合系统的操控台，对着按键胡乱按一气，又把按钮乱拧一气，使家中一片混乱。冰箱送出无数菠菜，自动解冻后，厨房变成了草原。浴盆汩汩涌出热水，温度越来越高，沸腾的热水将水面的小黄鸭溶成了荷包蛋模样。

只要是按下按键就能看到神奇功效的机器，飞藻全部喜欢。让他玩积木，他碰都不碰；抱他坐到秋千上，他弯了几下腿就厌倦了；向他扔一个球，他不接也不捡；给他读绘本，他完全听不进去。他不能和别的小孩说话，也不能一起玩，顶多拽小孩的头发，弄哭人家。唯独看到按键开关时，他双眼放光，立刻想按。义郎曾想，若是这样，以后飞藻能当上计算机程序员就好了。无奈飞藻对数学和计算机技术毫无兴趣，他只喜欢胡乱按键，给别人找麻烦，看别人团团乱转。义郎又想，飞藻若是这种无政府主义的性格，以后当个艺术家，创作令人意想不到的作品也是好的。他带飞藻去看现代艺术展和表演，但是飞藻最厌恶的莫过于艺术。当全身涂抹成赤红的裸体男子开始在贴满鲜艳纸条的美术馆大厅里起舞时，飞藻看了几眼，几秒钟后一脸厌倦地皱起眉头，凑到义郎耳边说："这也是艺术？"

在数字游戏里挥舞刀剑与长毛大蜥蜴缠斗，每天阅读手机推送的奇怪漫画，开着电视、看着肥皂剧里的英雄就这么在床上睡着，毫无理由地把古董花瓶扔到窗外摔碎了，飞藻就这么度过了他的少年时代。他的学习成绩总是卡在平均线上，似落而不落。他感觉每一节课都漫长到痛苦，他打着几乎让下巴脱臼的大哈欠，用铅笔戳前面同学的后背，挖鼻屎，无数次看表，让老师们心烦气躁。飞藻总是说，如果一节课只有五分钟，他会更愿意学习。义郎听他这么说，只觉得他在故意惹人生气，因而没去理会。可飞藻是认真的。

义郎曾想，如果飞藻不是自己的孙子，而是小说里的人物该有多好，这样就不用和他生气了，作者写起来开心，读者读起来愉快。飞藻不读书，却格外在意祖父是个写小说的，他不仅经常和朋友吹牛，还从书店偷来义郎的书，不读，只放在自己房间当摆设。

义郎知道，有种赌博是拿作家当赛马，赌客投入重金，赌哪匹马能赢诺贝尔文学奖。他从未想过，自己的孙子会掉进这种陷阱里。

"你根本不读书，却想预测谁能得诺贝尔文学奖，你哪儿来的自信！"

"赌博这种东西，只要是高手，赌什么都能赢。"

"你不过是跟着预测师，把钱投给排名靠前的罢了。这种排名是人为设定的，就是为了骗钱，你就没想过吗？"

那天的会面以大笑结尾，给义郎留下愉快的记忆。飞藻返回疗养院前，与义郎约定，他彻底变干净后就会回来。义郎从"干净"这个词里感觉出虚假，心想飞藻你难道在做洗衣剂广告。不过他没说出口。

无名在出生一个月后出院了。义郎哼着歌，抱着无名回到家，迎接他的却是飞藻逃出疗养院、去向不明的消息。难道飞藻是想见无名才逃跑的？夜晚，这个希望犹如灯塔回旋着微光，然而大海依旧晦暗无边。

义郎犹豫该不该去报警。他不是厌恶民营化之后的警察，但好感和信赖是两码事。民营化后，警察的主要工作是演绎吹奏乐。他们穿着制服，扭动着屁股，列队巡游，演奏马戏团和锣鼓广告队的曲子，深得小孩喜爱，义郎甚至也想跟在他们后面走。至于吹奏之外他们还做了什么，就无人知道了。街角的派出所早已废止。过去的派出所从警察组织中独立出来，更名为"指路社"，有偿帮人指路，也会介绍观光景点。"嫌疑""搜查"和"逮捕"等词从报纸上消失，有人认为，人身保险禁令几乎杜绝了杀人事件，还要警察做什么呢。当然，义郎对这个说法并不信服。

母亲离世，父亲云隐消失，无名实在太可怜了。然而，离世和云隐都是个人私事，义郎觉得不好拿到警察那里。他握住婴儿的玲珑小手，轻轻摇晃几下，想大声哭，大声笑，感情在他心中爆炸，但脱口而出的，只是一句"我们一起加油吧，同人"罢了。为什么在这个瞬间，说出的竟然是"同人"？也许他想说"同志"，也许他努力想甩掉"同志"这个词背后的纷扰回忆，所以说出了"同人"。

幸好他没去报警。没过多久，飞藻来信了。

"甩掉疗养院了。让您担心了对不起，我是有正当理由的。新来的院长竟然是人文教的干部。受不了。每天没完没了地说教。最不能忍的是三餐里没有豆子，不许穿带颜色的内裤，头发必须中分。新规则极其恶心瘆人，一股子血腥气。所以我跑了，先露宿了一阵子，后来偶然碰见从前的伙伴，他们领我去了一个玩具工厂。这里只雇佣我们这种依存症活死人，干活工序设计成酷似赌博的方式，赌输了就当奴隶，赢了的做暴君。工资少得可怜，好在提供三餐和住宿，还发衣服。这种无忧生活真是久违。虽然轮盘很旧，不过没人作弊，我赢了不少次呢。"

义郎下定决心，准备等无名会说话了，万一问起父亲在哪里，就回答"他在很远的地方治疗重病"。如果无名问是什么病，义郎准备说"是对一种游戏心怀执念、停不下来的病"。不过，无名没有询问父母的事。他上小学后，同学们都不跟着父母生活，没人提起父亲和母亲。

"孤儿"的称呼也消失很久了，没有父母的孩子现在叫"独立儿童"。义郎每次说到这个词，都会被"独立"两个字绊一下。看见"独"这个字，他总是想起一只孤单离群的狗，为了活下去，紧跟在人的身旁，一步也不敢落下。

鞠华担任园长的那所学园里，有五十名独立儿童。设施条件艰难，运营却很顺畅，口碑颇好。学园与鞠华形成了一种不健康的依存关系，哪怕鞠华只休息三天，学园说不定都会像纸牌城堡一样坍塌。比如，假如菜农未能按原定计划送菜过来，那么该找哪家预备菜农应急，如果蔬菜送不到，该如何改定三餐计划，这些知识只存在于鞠华一个人的脑中，别人无从知道。另外，因为医生奇缺，如果小孩子骨折了，呼吸困难，得痢疾了，所有医院都找不到专家出诊，这种时候怎么办，这些都需要动用无法文书化的实际经验、人脉和巧妙话术。真的遇到麻烦了，只有依赖卓越人脑，从过去储存的一亿条经验里瞬间搜索出几条有用的合成一条结论，鞠华的学园岌岌可危又屹立未倒，原因就在这里。

鞠华想去看义郎和无名，哪怕只一夜，三人围坐在一起吃顿饭、说说话，该有多好。巴士和电车的时间原本凌乱无序，鞠华拼命调整时间，决定排除万难也要去见这两人。她习惯天没亮就起床。无论夏天还是冬天，每天凌晨，太阳尚未把前爪搭到地平线上挺起上半身时，鞠华就已起床，用火柴点亮桌上五厘米粗、十厘米高的蜡烛。朱红色的火焰好似橡胶质地，一会儿抻长了抖动，一会儿紧缩着痛苦扭曲，挽留鞠华焦急的心，她还有那么多昨日未完的工作要尽早处理。

但是，这一天早晨，她没有时间擦火柴，只抱着一只小包便离开了学园。懈怠了重要仪式的负罪感让她加快脚步，逃跑似的横穿过学园，学园仿佛骤然扩展开去，这一盏路灯到下一盏路灯之间，黑暗淹没了她的脚面。走出学园后，连路灯也消失了。不过，她依然能感觉到黎明正从四面八方涌来。好久没有这样等巴士了。远方山丘轮廓如淌墨，大树轮廓如剪影，她正睁大眼睛眺望，巴士渐渐开近，犹若漆黑之上突然破开双孔，流进了光。头班巴士上没有乘客，鞠华投币时，司机依旧低着头，等鞠华坐到座位上，司机隐入挡板后不见了。到达终点电车站，鞠华下来，找不到电车站的标牌，也看不见其他等车人。她在候车室的冰冷长椅上坐下，侧耳倾听四下声音，心头浮上疑问，此处真的是电车站吗？以从前的经验看，这里确实是。但世事难长久，过去是，未必现在还是。也许这个车站早已没了，只是消息偶然没有传到她的耳中。

又过了片刻，一个头戴大礼帽的男人和一个手拿大皮包的女人从不同入口同时走进候车室，在同一张长椅上坐下，仿佛事先商量好了。鞠华想起小时候看过的间谍电影里有类似场景，她观察了一会儿，想找出线索，看看究竟是偶然，还是两个人事先有约定。不知过了多久，候车室角落里的铃铛激烈地响起，追逐着铃声，支线列车隆隆驶近，鞠华走上月台，从东向西，明亮之色渐渐覆盖了整个天空。

鞠华知道，这是一趟要多次换乘的艰难之旅。最开始，她觉得自己能一路顺畅地奔向义郎和无名，一次次换车，一次次进候车室，等待其他乘客进来。等到终于聚集了人，有候车室的模样了，列车驶来，众人登上，如此过程多次反复后，她有种终点遥不可及的感觉，不明白自己正在做什么。要无数次换乘也罢了，她渐渐感到那么多乘客中，只有她一个人在极其有限的换车时间里疲于奔命。如果是这样，究竟是谁编制的时刻表？目的是什么？鞠华擅长把世事与阴谋连到一起解释。

终于到达了最后的车站，她在车站前等待巴士，上了巴士，跟随巴士颠簸摇摆，又下了巴士。她想见他们，迫不及待想见到他们，那是撕心裂肺的焦急与渴望。她不由自主地身体前倾，呼吸急促，不停颤抖。终于看见从左向右排列开的临时住宅的行列了，她朝正中央一路小跑，快了，快了，就快到了。一片街区里究竟有几十间一模一样的房子啊？她要奔赴的是其中独一无二的一座。就在快被成片房屋的连续性和震撼人心的数量感压倒时，她找到了。义郎和无名并肩站在一起，招财猫似的向她招手。明明应该像节拍器那样左右挥手呀，她想。又觉得可能自己从前只看外国电影，所以才会这样想。大招财猫，小招财猫，谢谢你们招呼我。鞠华忽然想笑，她前倾着身体，一边笑，一边竭尽全力地奔跑起来。

"曾祖母来了！"

不知是谁发出滑稽的尖锐声音。可能是鞠华本人，可能是她丈夫，也可能是她的曾孙。三人点燃了心中喜悦的爆竹，像初春的小兔子一样高高跳起。家里，热气腾腾的火锅在等待他们。鞠华在蒲团正中找准位置一屁股坐下，就像生了根似的不起来了。隔着热气，对面的义郎和无名好似雾中的仙人。无名"啊哈啊哈啊哈"地笑着，几次把筷子伸进烧沸的汤里，什么也没捞出来。幸好另一双筷子在帮他，无名的小碟中始终堆满了山中海里的美味。每当他们平时不吃的虾和舞茸菇在锅中煮熟，义郎和鞠华就一起摇头，忘掉不祥的污染回忆，用开心往事编成的小网将其一一捞起。即使它们像绢豆腐一样脆弱，用筷子夹不起来，他们也耐心地用网去打捞，放进小碟，狼吞虎咽吞下滚烫的碎片。时间没有怜悯他们，兀自冷酷地离去，当被遗忘在锅底的一片白菜煮到绵软时，柱上的时钟暴戾地响了起来。

"啊，我得回去了。"

鞠华站起身，手臂粗暴地伸进歪扭的衣袖，即使不那么冷，她也把衣扣从下往上一直系到喉咙，套上鞋子，明明刚脱下不久，现在已经紧得快穿不上了。

"再见，下次再见。我还想再来，如果能马上再来就好了，不过有些事不能勉强，我终归……"

能说出口的话，说不出口的话，鞠华的身体被无数话推搡着走开，像一张便笺被撕下，被揉成团儿扔掉。她眼泪濡湿的脸歪歪扭扭，皱皱巴巴，声音未及发出已经嘶哑。

"我去送你！"

义郎在她身后大声呼唤。他抱起蹒跚的无名，想让无名坐到自行车货架上。鞠华向外竖起掌心，仿佛亮出一面盾。

"不用送我啊，回程一个人就好……"

这句话就像流行歌，长调抑扬，鞠华想掩饰泪声，才急中生智地这么说。她的步伐不自觉地加速，变成小跑，啊，这又不是什么运动会；她收紧双肘，有力地前后摆动，紧咬牙关，高扬起脸，疾跑。疾跑。疾跑。火灾逃生可能就是这样子。她身上有什么地方在燃烧，那么痛。鞠华从前就苦于分手场面，现在年纪大了，越发无措。她犯起小孩脾气，心想这种痛好比生生撕下创可贴去捅尚未愈合的伤口，与其体尝疼痛，反倒是让创可贴一直贴在肉上，任其脏污发黏，与肌肤一起腐烂更好受些。

她在巴士上颠簸。她随电车摇摆。无名的脸一直烙印在她的视网膜上消失不去。她返回学园了，繁忙工作山崩般涌来，一呼一吸间无名的笑声犹在耳边。鞠华非常害怕，她平均地赋予全学园孩子的爱，不会一下子稀薄了，都聚集到无名一个人身上了吧？

有一项秘密民间活动，旨在选送优秀儿童作为使者送到海外，鞠华就参与其中，最近还当选为审查委员会的主要成员。她的学园里有这么多孩子，却选不出能担当使者的。有的孩子脑子快，但只为自己转动，失格；有的孩子责任感强，但语言能力不行，失格；能说会道，却陶醉于自我表达的，失格；能共感其他孩子的伤痛，然而容易陷于伤感的，失格；意志强大，却马上结党营私的，失格；不能与人共处的，失格；忍受不了孤独的，失格；没有勇气和才能去颠覆既成价值观的，失格；看不惯所有事，一切都要叛逆的，失格；唯唯诺诺的，失格；情绪不稳定的，失格。按这种标准去选的话，似乎无人能胜任，不过鞠华知道，有一个孩子是完美人选。

她不想让无名承担危险使命。她希望无名永远在义郎的庇护下平稳度过每一天，从生活中死里逃生。无名有一个不知能活多久的身体，没有必要让他以身犯险。鞠华想，只要她默不开口，无名便能逃过审查委员会的眼睛。

鞠华看到学园里的小孩子摔倒后痛哭，常常想起女儿天南小时候也爱哭。当时主流的育儿论是，孩子哭着向大人求助时，大人应该及时安慰孩子。有人认为如果不管孩子，孩子虽然会变坚强，不过这种孩子会不懂如何向别人求助，一味顽固，活不长的。天南哭的时候，鞠华立刻把女儿抱起来安慰。她抱着女儿，感觉看不见的血管将两个身体连接到了一起，于是慌忙剥离开了。

还有一次。女儿三岁时，鞠华带着女儿坐在娘家宅邸的一间有座钟的房间里，面对面玩挑绳。这时，鞠华看到她身体表面伸出了血管的细小枝丫。蛛网般的细血管，伸展到墙壁上，蔓延到天花板，缠绕住了座钟。鞠华颤抖着站直了身体。她从未想过家的历史。一代又一代她不知道名字、从未关心过的人在这里出生，在这里死去。墙壁里浸饱了苦奴般的女性的辛劳汗水，柱子上沾染着家主强奸年轻佣人时的精液，能闻出急于拿到遗产的儿子紧扭住瘫痪卧床的父亲喉咙时淌下的冷汗。鞠华盯着天花板和窗户，天花板与窗也凝视着她。夫妻的苦痛一滴滴落进马桶，流淌进下水道；母亲将孤独提炼成野心，用汗津津的大腿死死夹紧儿子的细颈；妻子佯装不知丈夫的偷情，将自己的大便掺到味噌汤里端给他；在房子外鬼祟徘徊的美男纵火犯，也许是从前被无辜解雇的佣人。旧豪族一代代维护着的纯血脐带蠕动过来，想要缠住她的脖颈，而她想切断，切断能共享家族之乐的、鲜血淋漓的家族之缘。我真正的家人，是咖啡馆里偶遇的人。学园里的独立儿童，是我的子孙。

鞠华第一次看到无名和义郎临时居住的朴素住宅时，感觉神清气爽。但转念又想，他们两人出于无奈才在这里过避难生活，自己的感受多少有些冒犯。最开始她回避着没有谈，直到渐渐从义郎的口气中听出，义郎很喜欢这座房子，鞠华才坦率说出自己的感受。这是一座朴素木屋，既没有豪门大宅的压抑感，也没有高层公寓的傲慢气息。义郎告诉她，其实他们很幸运，恰好建造这一带房子的木匠手艺高超。几公里外的街区不是木匠建的，出自冒牌货之手，花了三倍工费，房子冬冷夏热，不通风，墙壁薄，轻轻叹息一声也会被邻人听去。

说到临时住宅明显增加的地区，要数从东京多摩到长野县一带。另外，通往京都的中山古道的沿途一带，人口也在渐增。都心已经没有居民了。就算没听说国会议事堂和最高法院搬家，可那些旧楼显然无人办公，徒留空洞。坊间甚至流传着小道消息，说日本政府民营化后，从前的国会议员和法官领了丰厚的退休金，搬到九州岛新建的高级住宅区"萨摩森林"了。那么新当选的议员在何处尽职？议员这种东西真的存在吗？抑或实体并不存在，徒有姓名和大头照而已？义郎记得自己曾去市政府办公楼投票，在纸上写下了谁的姓名，到此为止是真实的。至少在纸上书写姓名的铅笔是真实的。

议员的主要工作是摆弄法律。法律瞬时即变，看来确实是有人在摆弄。不过，谁在摆弄，为什么摆弄，这些完全传不到民众耳中。法律从不现身，人们只能磨炼出敏锐如刀锋的直觉，自我管制，以防被法烧身。

锁国就这么被制定为国策，民众只被宣告了结果。不仅仅是义郎和鞠华两人，无数民众听到宣告后，很长一段时间里除了感叹词外无以言表。报纸上清一色的意见是"锁国的江户时代繁荣昌盛，锁国未必是坏事"，写下这些意见的评论家实际上也反对锁国，他们觉得突然天降的锁国之策让自己蒙羞，脸面全失。但话说回来，如果坦率说出心声，只会和平头百姓一样吃亏，今后还怎么靠评论吃饭。所以他们一口咬定"自己早就赞同并且建议锁国了，没想到政府动作这么快"，脸皮之厚连吃不到葡萄说葡萄酸的狐狸也望尘莫及。

义郎曾给报纸投了一篇《日本从未锁国》的文章，可惜被拒。他写了江户时代虽称锁国，实际上通过荷兰及中国与全世界有密切交流。报纸不给登的理由是，对报社多有照拂的专家们没有点头。既然这样，那就等综合性杂志来约稿时发出去好了。义郎准备万全，只待约稿，奇怪的是，恰好那时所有杂志都不上门了。

义郎气愤之下，干脆写了一部童话，送到从前为他出过一本书的出版社。童话主角是个小学六年级的女生。这个女生所在的国家，午饭便当只可以吃日之丸便当[1]，所以每天早晨，女生的母亲往白米饭正中间塞一粒梅子，双层米饭之间偷偷放了黑色海苔，用其他菜盒装了煎蛋卷和菠菜，让女生和弟弟带到学校。有一天，母亲遭遇车祸住院，父亲没能及时从出差之地赶回家，为了安慰哭泣的弟弟，少女用剪子灵

1　白米饭正中放一粒红色咸梅子。

巧地剪了海苔做了熊猫便当，弟弟兴高采烈地拿去学校，自豪地给同班同学看。未料第二天少女被押送去了少年感化院，母亲出院后也被捕。

很遗憾，义郎的这部童话未能出版。出版社来信解释："内容超出了儿童的理解范畴"。

鞠华想起从前与义郎性交时，自己用沁凉的绸被压住嘴只露出鼻子，扑哧一下笑出声。那之后八十多年过去了，她眼前浮现的不是香艳的床第之乐，而是恐龙嬉戏的情景。

鞠华的身姿和肌肤还保持着年轻光彩，不过她感觉现在的肉体与往昔完全不同。过去，乳房仿佛有外力拉着向前，如今丰腴地向内展开，在最前线防御敌人。年轻时屁股上尚未密布神经，全身唯有屁股冰凉凉的，屁股第一次被人抚摸时，她惊讶地发现自身存在居然能膨胀到那样的后面。现在，她的屁股永远热着，永远威风凛凛地下着命令：站起来！把窗户打开！坐下！再审核一遍账单！从前有句形容软弱丈夫的话是"被老婆坐在屁股底下"，不知从何时起，鞠华被自己的屁股坐住了。

有的专家认为"人类的未来趋势是全体女性化"，也有专家认为"出生时性别为男的孩子将女性化，性别为女的孩子将男性化"。

在有些文化圈里，人们得知腹中胎儿性别为女后，会把胎儿引产。这惹怒了平衡崩塌后的大自然，开始变起各种戏法——出生时的性别无法持续，无论是谁，人生中都必须经历一两次的性别转换。也许这就是大自然的策略之一。性别转换是只发生一次，还是发生两次，这些事前都是不知道的。

义郎把鞠华寄来的照片摆到柜子上。照片据说是正月时在学园里拍的，一个孩子似乎无力挺直脖子，头懒懒地依在鞠华左肩，半闭着眼睛，看上去很难受，也仿佛在迷迷糊糊地做梦。那孩子睫毛浓密，嘴唇如樱桃，脖子特别细，而喉结却异常巨大。和这个孩子相比，无名的脖子简直可称粗壮有力啊，义郎想。一个孩子双手扶着鞠华的右肩，向着照相机镜头扬起下颌，吐着舌头；一个孩子头枕鞠华的膝盖熟睡着；一个孩子恭敬地跪坐在榻榻米上，对着照相机扮演着优等生；一个眼神聪颖的孩子站在鞠华身后，脸颊通红，或许是发烧了？另外还有几个孩子似乎没有察觉到自己入了镜。所有孩子看上去都是女孩，其中一定有男孩吧。

每当想见义郎和无名的心情如潮水涨满，鞠华就用力把思念塞进明信片的小小四方内，等待潮水自退。就在前几天，她刚刚给义郎寄出一张明信片："你们两个都好吗？等你一百零八岁生日时，我带着大大的砂糖做的鲷鱼去见你。"

义郎没有心情细细筹备自己的一百零八岁生日。不过，他想尽可能地做一些让无名高声喊出"极乐"的事情。所有人都穿泳装来参加喷泉派对，晚上打扮成妖怪，一起点亮线香花火也不错。他九十九岁生日时，全家都来了，如今想起，那已像遥远的往昔。避开一百整数庆祝九十九的想法是好的，全家去餐厅围坐在一起吃饭的主意则太平庸，不该采用。全家人围着圆桌坐下，好似钟表表盘上的刻度。越年轻的人越驼背，头发稀疏，脸色惨白，夹菜动作迟缓。老人们难免自责，都是自己做得不好，子孙才变成这副模样，宴会气氛也随之变得沉重。

义郎这一代人必须永远活下去吗？无人知道答案。唯一可以确认的是，他们的死，已经被剥夺了。

人作为生物，肉体终有衰竭之时，陈旧不堪的肉体也许会达到极限，而意识将以奄奄一息之态，在一动不动的肉块里永远存在下去。

义郎认为，自己这一代人没有必要庆祝长寿。活着当然是好事，不过老人活着是理所当然，没什么可庆祝的。毋宁说，现在小孩子死亡率这么高，小孩子今天没有死才是更该庆祝的事。无名的庆生会一年一次太少了，义郎恨不得每季度庆祝一次。庆祝无名没有冻伤顺利越过了寒冬，庆祝无名未曾苦夏迎来了秋天。季节转换之时，也是身体除旧迎新之时。春天来临之际，义郎觉得自己变年轻了，但对无名来说，新季节永远是一个具有挑战的严峻对手。季节转换格外耗费体力。在无名的感觉中，环境的变化不仅仅是季节转换。酷暑时好像没什么变化，总是热得喘不上气来，如果湿度持续上升，从太阳穴到腋下就会渗出汗水。如果空气稍微变干燥了，就会突然感到侵肌之寒，好像全身衣服尽被剥去。太阳从云间冒头，皮肤便干燥皲裂，被阵雨淋湿后，战栗从皮肤表面一直震颤到骨头里。不仅是空气，每天送入口中的食物也是挑战者。喝下橙汁后，如果输给咬啮胃壁的酸劲儿，橙汁就不再是营养，而成了负担。昨天吃下胡萝卜泥后平安无事的胃，今天会集中精力与豆类纤维发生激战，没有闲工夫分泌胃液。胃液过少，肠就会积气鼓胀。

义郎忧心，总是盯着无名看。他用左手扳动脸，强迫自己看向别处。如果他光顾着看无名，心情也会被传染，连他自己也没了胃口吃饭。照此下去，谁来照看无名呢？义郎只好不停地自我暗示：我们这些老人和现在的孩子截然相反，我们绝不会得病，我们能从早到晚工作，有牢固而坚韧的神经，是另一种哺乳类生物。

义郎非常关注新品种的食物，他想找一种无名能顺利吃下的东西。不过，他决不买来路不明的东西。忘了是什么时候了，报纸登载南非的海岸上堆满企鹅尸体，经营国际海盗团的公司将企鹅尸体干燥粉化后，做成了专供儿童食用的肉饼干。某公司将饼干走私到日本，大赚了一笔。义郎每次看到肉饼干都会想起往昔的狗粮。不过大家都说，肉饼干是让儿童吸收蛋白质的最佳渠道，义郎也想买。如果是南极企鹅的肉，受污染程度不高，还算好；但那种大量死在海岸上的，有可能是被附近沉没的原油船毒死的，令人担忧。

加入国际海盗团的日本人因为擅自离开日本，失去了回国的权利，再也回不来了。不过，有个日本人给报纸投稿："和各国过来的同事一起从事海盗工作，比回日本强多了，能挣到钱，也更有生命保障。"义郎读过后大声笑了。他想，报纸还能登载这种投稿，说明言论自由还有一口气，并没有像朱鹮似的灭绝。

既然是海盗组织，其中自然有很多挪威人和瑞典人，他们很自豪自己的维京人传统。不过，听说里面也有乍看与海无缘的尼泊尔人和瑞士人。海盗里日本人占去了相当比重，说明"锁国遗传基因"这种东西是不存在的。

南非政府表示，要坚决与一切海盗组织战斗到底。义郎上次在一个题为《鲨鱼的将来／鱼糕的未来》的演讲会上听到关于国际海盗组织方面的话题。因为演讲稿无须被审查，所以能听到未经处理的"原生态"情报。只要是步行范围十公里内的演讲，义郎定会参加。实际上，每个演讲也都座无虚席。

有些国家以暴力般的速度将地下资源转化成工业制品，打低价格战，而南非和印度告别了这种全球化的商业模式，通过出口语言，发展本国经济，并排除了语言之外的所有进出口贸易。南非和印度结成"甘地同盟"，逐渐变成互有好感的国家，很多国家嫉妒两国的友好情谊。实际上，只有足球能让两国发生争吵，而在人类、太阳和语言等其他方面，两国的意见都一致。外国的诸位专家不看好两国的经济前景，然而事实与专家预测相反，两国都越来越富足。日本也停止了地下资源的采掘和工业制品的出口，但没有语言可以出口，所以碰了壁。日本政府命令豢养的专家写出论文，得出冲绳话完全独立于日语的结论，企图高价卖给中国。冲绳强烈反对政府此举，表示如果政府转卖冲绳话，今后本州岛就别想吃到冲绳水果了。

　　义郎的早晨充斥着各种揪心烦恼，可是对无名来说，每个崭新的早晨都那么清新有趣。现在，他正在和叫作衣服的妖怪搏斗。布料没什么坏心眼儿，可就是不听话。就在无名费尽力气又揉又押折起展开的当儿，他大脑里橙色、蓝色和银色的纸开始熠熠闪光。他想脱下睡衣，思索是先脱左腿还是先脱右腿，于是他想起了蛸。说不定自己和蛸一样，有八条腿，每四条捆成一捆，只是看上去像两条，所以当他想把腿右移时，就会同时向左、向上乱动。他觉得自己的身体里有只蛸。蛸，你出来！无名不管不顾地脱了睡衣，啊，没有把腿拧下来吧？没有，只脱下了睡衣。脱掉睡衣自然是好的，但接下来要穿学校制服裤。布料隆成小丘，两条隧道贯通而过，无名的腿就是列车，要纵贯小丘。啊，下次还想去明治维新博物馆买蒸汽机车的模型。既然隧道有两条，那就是一条上行、一条下行。右腿进去了，但左腿没出来。管他呢。肌肉色的蒸汽机车钻进隧道，呜，呜，轰隆隆，轰隆隆。

"无名，换好衣服了吗？"

曾祖父的声音传来，蛸慌忙躲进袜子里，蒸汽机车滑进车库，只剩无名留在原处，就连穿衣这一项工作也尚未做完。

"我真是没用的男人。"无名惆怅地说。

义郎扑哧笑出来："好了，赶紧穿吧。你看，这样。"

义郎说着蹲下身，双手拿起制服裤，撑开给无名看。

"上次看见的，工作服似的那种，我也想要。"

"工作服？噢，背带裤吧。过去，人们管背带裤叫 overall[1]。"

"真不错，原来叫欧瓦奥啊。"

"欧瓦奥是外来语，最好不要用。"

和往常一样，无名觉得"最好不要用"的说法难以理解。曾祖父知道这个词，知道却故意不用，不用却教给别人，还指点别人不要用。无名看到曾祖父几层面孔，虚虚晃晃，模糊不清。衣服失去名字后，还能继续存在吗？抑或会跟随名字一起变身、一起消失？上个星期，无名在童装商店里说："我讨厌有松紧带的衣服，腰上会留下坑坑洼洼的印子，很痒。"他想要背带裤似的连体衣。可穿这种衣服去上学的话，不方便上厕所，义郎没给他买。忘了是什么时候，来家里修理水管的伯伯就穿了这样一件，无名太羡慕了，一直忘不了。曾祖父虽然不同意买背带裤，不过，从商店回来的那天晚上，他连夜给无名手缝了一件特别的裤子。

"再不抓紧时间就要迟到了。"

1　同前文的航站楼，在日语中为外来语"オーバーオール"。

这句话是曾爷爷的口头禅。我不讨厌学校，可是总被这么催促在规定好的时间去学校，是会变得讨厌学校的。我穿衣慢吞吞，不是我的错啊。衣服也好，橙汁也好，还有鞋子，它们都不听我的话，一点儿都不帮我。座钟上的秒针光顾着自己，一个劲儿地往前跑。学校这种地方，想去的时候去一下不就够了吗？学校的优点，是有很多一起玩儿的伙伴；学校的缺点，是别的小孩会干扰我学习。一个人学习才最顺利。在学校里，每次我想起很重要的事，想告诉老师，别的小孩就会大声说一些无聊的事来打断。我思考的时候，背后总有人扯我的头发。老师讲到有意思的事情时，必然有小孩大声说他想尿尿。

一想到学校的缺点，就盼着星期六早点儿来，再拉几次粑粑，才到不用去学校的日子？曾爷爷每天早晨都鼓励我说，顺顺利利地拉出粑粑，意味着我有和坏细菌搏斗的力量。啊，今天刚刚星期二吗。星期二，火曜日，火曜日是与火有关系的一天，理科课的实验要用到火柴，说不定会烫伤。明天是星期三水曜日。水曜日与水有关，说不定会在游泳课上呛水。要是能把温水泳池的水温再调高一点就好了，现在刚进水的时候实在太冷了，冷得想尖叫，叫得太多的话，会累得全身疲软，两条腿变成软面条，走不了路。每次老师都会温柔地说，如果累了，可以躺在泳池边休息。难道老师没有察觉吗？就连泳池也有退潮和涨潮。我如果躺到泳池边，池里的波浪越来越高，会漫出来，一波一波地拍到我脸上，一个大浪过来，就会淹没我。我一寸一寸抬起头，想吸进氧气，手腕和脚踝却被什么拽到了水底。对了，我想到一个好主意。既然这样，我变回蛸的原形好了，变回蛸，水就不再可怕了。我以蛸的姿态在水曜日里死里逃生，等待木曜日的到来。木曜日是木之日，说不定校园里的樱花树会倒在我身上，把我压扁。现在的树木表面看着健朗，实际上患着病，有些树芯儿里空空荡荡的，有人在近旁叹息一声，树就可能倒掉，所以树旁边立着告示牌："禁止在树旁叹息"。啊，樱花树一株接一株地倒下，我要逃跑。我跑得快，一根树枝也够不到我，不顾一切地跑起来真舒服啊。星期五金曜日是金色的。太阳只有一只眼，金色的。我一个人待着时，太阳用独眼瞪我，让我身体僵直，动弹不得，所以我不能一个人去外面玩。学校后面的土坡会崩塌滑落，把我埋住。没有人

献灯使

来救我。手肘开始麻木，腿也渐渐没感觉了，摸上去好像是别人的肉。

"无名，你吃这个吗？"

曾爷爷为我稍稍烤过的燕麦面包香气扑鼻，只是吃起来太艰难了。干燥谷粒怀着尖锐的恶意，一齐扎破嘴里的黏膜，让嘴里有血味。谷物自从被采摘的那一刻起，直到脱粒，碾成面粉，被揉搓成面包的形状，进了烤炉，依旧在持续反抗，针锋相对。顽固不化的家伙。上次我说了一句"吐司吃起来有血味"，曾爷爷听后快要哭出来了，我决定再也不说这种话了。曾爷爷眉毛粗重，脸型四方，外表看上去刚强，其实非常容易受伤，动不动就愁眉苦脸，不知道为什么，曾爷爷好像认为我很可怜。

我怎么也想不明白，为什么老年人咬得动那种硬面包呢？过去人们牙齿牢固，还专门烤一种硬得像石头的"坚烧仙贝"，嘎嘣嘎嘣咬着吃。曾爷爷为了逗我笑，给我模仿过好几次吃石头仙贝的样子，如果他买真的仙贝回来，不模仿，而是真的吃，该多有趣。可惜现在已经买不到了。据说吃的时候，要用牙咬住，手往下按露在牙外边的部分，圆月形的仙贝就会随着

"嘎嘎！铃！"的声音断裂开，舌头再灵活地把留在嘴里的仙贝卷到后槽牙那里，让石臼般的后槽牙细细咬碎。据说如果公寓墙壁特别薄，有时能听到邻居吃仙贝的声音。不光仙贝，以前的人们还吃煎熟的巴旦木果仁，撕咬着吃肉干，过去的人们一定是松鼠和雄狮合二为一的生物。而我和曾爷爷如果能出现在动物图鉴上，肯定无法出现在同一页。

据说，过去的人们还把鸡内脏和肚子里有小鱼子的河鱼扎成串，用火烤着吃，我觉得这不是真事，可是看着曾爷爷的样子，又渐渐觉得说不定是真的，曾爷爷他们的身体和我们的身体太不一样了。曾爷爷不仅吃硬东西，食量也大得吓人。因为吃得太多，能量也多到用不完，所以早晨起来，虽然没事儿，也要去外面跑步，把多余的体力消耗掉。而我们的身体里连一滴多余的体力也没有，如果换衣服时用了太多体力，走路去学校的体力就不够了，有时候曾爷爷得用自行车载我。最开始我不好意思坐自行车，想用自己的脚走完从家里出来后的几十步，可马上就累得走不动了。

"无名，你还没换完衣服？上学要迟到了。"

曾爷爷走过来了。我知道他想假装严厉，不过一点儿都不可怕。

义郎深深呼吸，吞进了从无名衣领徐徐升起的儿童甘甜气息。就是这种气息，女儿天南还是小婴儿的时候，抱起她、凑近她，就能闻到。义郎一直以为这是小女孩独有的，不过这种气息在无名身上非常浓郁。天南长大后生了飞藻，有一次她让义郎帮忙给飞藻穿袜子，义郎照做了，感觉就像给小苹果套上袋子。小孩子的小小的脚，让他感到了强烈无比的怜爱，那种心情他至今都记得，虽然飞藻身上的气味不如无名的好闻。飞藻幼小的身体上传出的气味，已经混杂了泥土和汗水。他刚上小学时，不喜欢穿袜子，光脚趿拉着运动鞋，不打招呼就出去疯玩，既没有沉稳气，也从不考虑别人，只有用不完的体力。

无名出生后，飞藻赶回来时，义郎忍不住呵斥了一句陈腐的话："你不爱自己的孩子吗？"飞藻想都没想就回嘴："你怎么知道他一定是我的孩子。"义郎听到后心里一惊。不过，这只是吵架时脱口而出的气话，当不得真，所以义郎很快就把这句话扔到忘却炉里烧了。过了很久，炉灰里隐约响起碎语低声——看来飞藻不敢确定自己就是无名的生父。

无名的母亲不是与鸳永不分离的鸯，也不是企鹅，写不出"贞洁"两个汉字，性情轻浮，出轨是家常便饭，谁斥责她都没用，她听不进去。这人从不内疚，嗜酒，喝酒如鲸饮。她早就变成了一缕灰，谁是无名的父亲无从问起。不过就算她还活着，说不定她自己也不记得。

义郎想，说不定自己和无名之间没有血缘遗传，要不要用毛发去医院做一个遗传基因检查。他捡起无名掉落在榻榻米上的头发，无声地看了一会儿，不知不觉间微笑起来。没人能闻出遗传基因的气味，可是无名身上一直散发的小婴儿气息，义郎清晰无比地闻出来了，这就是最准确而响亮的证明。如果无名的父母都没能深深迷恋这种气息，也许可以说，是大自然选择了义郎去养育无名。

邻居家传来一阵直上云霄的女孩歌声。

"蜻蜓，蜻蜓，飞入青庭。"

清澈高声唱出的"蜻蜓"发音，在义郎头颅里回荡开来。唱歌的孩子亲眼见过蜻蜓吗？多半没有。义郎想不起来最后一次看见蜻蜓是什么时候了。就算不能亲眼看见，义郎似乎在女孩的歌声中看到了蜻蜓。半透明的羽翅，分节的细长身体，直直飞上半空，有那么一瞬间，倏尔静止。真想让无名也亲眼看到蜻蜓呀，义郎想。

临时住宅的墙壁太薄，少女歌声听得清清楚楚。歌声之后，响起成年女性的声音，"该去学校了"。义郎在家门前的路上见过几次这家妇人送孩子去上学。女孩穿着雪白的宇航服似的衣服，看不见脸。义郎知道，这种衣服是以太阳能为动力的肌肉装，无名也说过这衣服好看，义郎听后，觉得这衣服除了像宇航服之外，确实有些地方可以称之为"美"，也许是一种尚未到来的时代的美。义郎想起从前的女性衣服，有的强调细腰高胸，有的故意露出后颈或大腿，相比之下，义郎看见少女仿佛裹在一片白云里，随云而动。他想到的形容词不是"性感"，而是"幽玄"。

少女和无名上学时间几乎一样，她上的是某研究所的附属小学，只有被挑选出的有特殊能力的孩子才能在那里接受专门教育。

照顾少女的妇人从不和别人聊闲天，简单打个招呼之后就背转过脸。换作过去的义郎，一定会主动聊些今天很冷、很暖和、下雨了之类的天气话题，寻找聊天的话头。但是，现在天气越来越难说，寒冷与炎热交杂，一会儿干燥，一会儿潮湿，让皮肤无所适从，仿佛在嘲笑人类的语言。如果说"忽然一下子就热起来了"，同时就会打起寒战；刚说完"今天真冷啊"，额头会立即挂上一层汗。

伟人曾经说过"众人都在没完没了地说天气，今天我要谈谈革命"。上个月，小学墙壁上贴了宣传海报，把这句话化用成"现在既没有人谈天气，也没有人谈革命了"，第二天海报就被人撕了。

不仅是寒冷和炎热，黑暗和明亮的对立关系也变得暧昧难辨。乍看之下是晦暗之日，凝视灰色天空的话，又能看到天空就像灯泡，从内侧放着光，渐渐变得炫目，乃至无法直视。有时觉得风大，不得不眯起眼睛，又会觉得空气仿佛冻结了，一动不动。随着太阳下山，一座座屋顶的轮廓变得明亮起来。报纸一片暗淡，看不清字，可如果打开电灯，纸张又会吸饱光，一个个字都融化进黑暗里，消失不见。关灯想睡觉时，月光太明亮，让人无法安眠。如果你好奇世上竟有如此明亮的月亮，打开窗户又会发现天空中根本没有月亮，唯有谁遗落在路上的铅笔芯在闪闪发光。如果把路灯和各家灯光全部熄灭，夜晚好像就终于承认自己是夜晚了，可不知为什么，夜色看上去最深沉的时候，黎明也即将到来。

无名穿鞋的空当儿，义郎跟随着少女的歌声，沿着邻家院子南侧绕了一下。临时住宅既没有石墙，也没有树墙篱笆，义郎伸长脖子窥看房间里的情形，衣柜和书桌静悄悄地端坐着，没有人影，窗户边并排放着十只十厘米高的空瓶，每只瓶里都插着一朵小花。紫色铃铛，黄色陶瓶，红烟花，雪白游戏，朱红斑点。义郎想着，无名也一定喜欢这一组颜色，自己也要模仿着在床边摆放这些花。就在这时，身后传来声音：

"早晨好。"

义郎一惊之下回头，邻家妇人穿着大红丝绸连衣裙，银发整整齐齐地束成辫子，推着轮椅走了过来。轮椅上，总是穿着宇航服似的衣服的少女正在微笑，她今天穿着白色连衣裙。她漆黑闪亮的眸子，随着太阳光角度的变化，也从漆黑变成了青碧。她眼距颇远，也许就是因为这个，如果盯着她看，会有晕眩感。义郎想让无名和这个少女说说话。

"不好意思，我正在看您家的花，真美呀。如果不麻烦的话，我想把曾孙无名介绍给你们认识。"

说着义郎转过身去，静静走了几步，那两人各自颔首，也跟了上来。无名蹲在地上，正握着自行车的脚踏板缓慢地摇。

"无名，来向邻居问声好。对不起，还没有请教过尊姓大名。"义郎看着少女的脸，问道。

"我是睡莲。"

少女说着，向无名点了一下头，那么从容，不徐不疾。也许因为这个，她和无名明明同岁，看上去却像大了好几岁。无名前倾着身子走过来，跌跌撞撞地快要摔倒。

"这是我的曾孙，无名。请多关照。"

义郎说罢有些后悔，该让无名做自我介绍的。这时，无名指着曾祖父介绍道：

"他是义郎，请多关照。"

邻家妇人发音字正腔圆，自我介绍说：

"在下是根本。"

光听名字，义郎不知道这位根本女士和睡莲有没有血缘关系。无名目不转睛地盯着睡莲，丝毫没有害羞，只深深凝视着睡莲的脸，睡莲反盯回来，无名的眼神也不见丝毫动摇。反倒是在旁看着两人的义郎有些脸红。

"再不去学校就要迟到了。"

义郎说着，牵起无名的手返回家里，用浸了消毒液的手巾擦干净无名沾了自行车机油的手。

无名的腿从膝盖处向内弯曲，每前进一步，脚都像鸟一样向外划着走。为了保持平衡，他的双臂也展开，划出大大的圆，斜背着的书包很轻，一下一下地拍打着他的细腰。义郎推着自行车，紧跟在无名身侧。他不愿意被无名察觉自己在故意放慢脚步，所以故作轻松地以不可能再慢的速度走着。对义郎的这份心思，无名也假装不知道。

无名停下脚步，义郎跟着停下。片刻后无名再次迈开步，也只走了十几步便又停下了。对他来说，每一步都是辛苦劳动。

每天，无名在不为人知的地方蓄积着筋骨肌肉。那不是炫耀给他人看的隆隆筋骨，而是一种维持他独特走路方式的必需力量。这力量如同一张密网，遍布无名的全身，延伸到他身体最深处。说不定，人类的双足行走并不是最佳方式，义郎心想，就像人类最终抛弃了汽车，说不定有一天，人类也会放弃用双足行走，找到一种全新的移动方式。待到所有人都像蛸一样蠕动着前行时，说不定无名能当奥运会选手。

　　义郎停止漫无边际的空想，停下自行车，放下牢固无比的脚撑，固定好自行车。

　　"无名你今天比昨天走得久，真棒。"

　　说着，他把手伸到无名腋下，抱起他，再放到自行车后座的王位上。无名的身体那么轻，一如既往地让义郎心痛。柔软坐垫，可以支撑后脑勺的高椅背，扶手，垫脚台，保护小腿的挡板，绿色安全带，组成了特制的王座。义郎用力踩起自行车。

　　学校门前像早市一样热闹。无名刚被抱下来放到地上，就头也不回地向校舍走去，不看义郎一眼。学校允许监护人陪学生去教室，不过，义郎总是盯看无名的背影三秒，之后便如同被驱赶了似的离开校门。

进入校舍后，无名将脱下的鞋子摆顺，放进鞋柜。这所学校没有校内穿的白色软底鞋，无名穿着棉袜踩在木地板上，感受着脚底的微凉。穿过走廊，便是铺着榻榻米的教室。里面没有椅子，一角堆积着木箱，必要时可以当作课桌。无名走进教室，第一眼先看见同班同学正像小狗一样欢闹着。其他还有几群女孩，随意坐在榻榻米上一起玩耍。没有一个孩子因为站不稳或坐不稳而倒在地上。他们都把重心放得很低，即使被人推倒，也能像西瓜虫似的将身体团成一团儿。最初有些神经过敏的家长担心孩子受伤，后来也慢慢明白了，这些孩子其实很难受伤。

夜那谷老师感到一阵暑热，仿佛被谁紧紧扼住了喉咙。他松开系在脖子上的天蓝色丝巾，如果就这么摘下来，说不定会丢，于是先紧紧绑到左胳膊上。就像伤员的绷带，他想。就在这时，他与坐在地上正仰望着他的无名对上了视线。无名似乎对他胳膊上的丝巾很感兴趣。

"老师，你为什么摘了丝巾？"

"因为太热了。"

"热？"

"唔。一会儿猛热，一会儿猛冷。一种更年期症状。"

"更、年、期？这是什么？"

"是一种身体变化。比如音乐，有时候长调会变成短调，对吧？"

过去人们都认为，男性几乎没有更年期。现在，越来越多的男性因为严重的更年期症状而不得不请病假。今天早晨，夜那谷正读着报纸的社会版，忽然感觉手脚冰凉，猛地打了寒战。他套上袜子，穿上外套，正在喝咖啡时，又感觉一阵火热从喉咙传遍全身，汗水顺着额头淌下，于是匆忙脱了外套。他觉得自己的头好似装满了沸腾开水的水壶，想给头部降温，于是穿着薄衣服去了学校。刚走进校舍，孩子们的欢闹尖叫迎面而来，就算他知道这是孩子们的欢声，却也忍不住一阵心悸。换作十年前，他没在意过自己的心跳速度。

夜那谷刚开始工作时，认为必须随时看守孩子，不然孩子会受伤。现在他不这么想了。比如无名，看似脚步蹒跚，随时会摔跤，其实很稳重地放低了重心，两手伸向前方，势要压到安川丸的背上。他发出鹤一般的叫声，提醒安川丸自己要过去了，给背对他坐着的安川丸预留了缓慢扭头的时间。所以，他们之间的打斗玩闹更像严密编排过的舞蹈。

夜那谷静立在距离孩子们几步远的地方，低头看着他们玩闹。忽然发现自己的后背挺得笔直，仿佛在做没有必要的立正，于是匆忙松弛下来，蹲到地上，压低视线环视教室。夜那谷年轻时，社会上残余着一种成见，认为男性个子高才好。这显然是外国价值观通过电影和杂志传到了日本。当平成时代画上休止符，社会的变化犹如滚落下坡，速度越来越快，天保[1]和天明[2]年间的记忆从坍塌的墓中复苏，高个子男人不再受人喜欢了，因为一旦发生饥荒，高个子男人最先衰弱饿死。

夜那谷从未思考过班里哪个男生个子最高。现在废止了身高测定。有的老师认为，小孩子不是布匹，不是绳纽，把孩子们拉直测量太不人道，夜那谷听后觉得颇有道理。就让小孩子自由自在地弯弯曲曲

1　天保年间（1830—1844）因农业连年歉收而发生了饥荒，即"天保饥馑"。

2　天明年间（1781—1789）发生了日本近代史上最严重的饥荒——"天明饥馑"，从1783年持续至1787年。

就好了，就让他们随性嬉闹，蓄积各自所需的体力就好了。

在夜那谷少年时，除非有体育课，不然大多数孩子是无法自由活动身体的。拿他自己来说，五岁时参加了当地的少年棒球队，中学时是学校足球队的活跃分子，高中时参加了篮球社团，一周训练八天。他把这个讲给同班同学听，同学哈哈哈哈地笑了，说一周只有七天。"就当一周有八天时间"是当时教练的口头禅。那时，一到星期天，夜那谷用比平时快两倍的速度把饭扒拉进肚子，写完作业，上午训练完，下午再训练，把一天当两天过。高二第一学期刚开学，一个樱花盛开的清晨，他忽然起不来床了，连套上袜子的力气都没有。之后，他离开了社团。

夜那谷每天追逐着篮球，和朋友一起活动身体，但他不记得自己曾碰触过朋友的身体，也不记得被朋友碰触过，不记得有什么心如撞鹿的瞬间。在他眼中，不仅是他周围的人，他自己的模样也像是动画片二次元人物，表面在动，实际上永远无法触碰到。那时他唯一的感官记忆是把手伸进棒球手套时，肌肤碰到皮革的触感，他内心一阵轻颤。他偷偷闻了手套，深深吸进皮革的焦甜气息。也就这么多了。那时，一个外号叫小满的同学随意把手放在课桌上，夜那谷不小心把手压到了小满手上。小满飞快地收回手，夜那谷却始终记得。那种温暖难言的肉体触感让他惊讶。自那以后，他开始在意小满，即使教室内的风景在他眼中一片黑白，小满的身体也永远绚丽。不光这，他还在意小满提起的他人名字，在意小满写的字，关心课间休息时小满做了什么。看来，仅仅是一次无意间的身体碰触，也会夺走心灵的密钥。

夜那谷观察着现在的小孩子，深刻地感觉他们比自己那代人进化了很多。狮子的幼崽靠嬉闹蓄积了在荒野生存的身体能量，人类的孩子也一样，通过互相碰触身体了解了地球。如果给这节课起名，可以叫"即兴嬉闹"吧？夜那谷想。老师的职责在于认真观察孩子们。观察，不是监视。

三个孩子挤坐在一起，无名向他们冲过去，同时压住了他们三个。这是他发明的蛸武术绝招。不一会儿他用尽了力气，就把自己做的写着"正在休息"的纸牌挂在胸前，缩到教室角落里。纸牌是无名的主意。休息时间怎么避免其他同学的打扰呢？他想出了这个办法，构思时参考了荞麦面馆门口挂着的木牌。

贺露同学走过来，亲热地歪歪头，问无名：

"这个，怎么读？"

无名昨天已经教给她了，今天又被问，无名有些气恼。

"我昨天告诉你了呀。"无名冷冰冰地回答。

"哦，昨天的事啊，我早就忘光了。"贺露面无愧色。无名却觉得，昨天刚学过的汉字怎么可能忘记呢？贺露在逗我吧。想到这里他生气了，高声说："别和我开玩笑。"

骤然间，尖锐如警笛的哭声响彻教室。当无名悟出这是贺露在哭时，感到自己被无形之手抽了耳光。这时，他闪电般地理解了，每个人的大脑运作方式不一样。

"对不起，是我不好。这个啊，念'正、在、准、备'，就是商店正在做准备，请顾客不要进来的意思。"

无名重复了和昨天一模一样的回答。昨天贺露听后非常满意，今天却挑刺说：

"你挂这个好奇怪啊，你又不是卖荞麦面的。"

哦，她重复问一个问题，听到相同的答案后会做不同的反应，她这是在钻牛角尖啊，女孩的做法真是不一样。但不是所有女孩都像贺露这样。曾祖父总说"如果有人告诉你，所谓女孩就是这样，所谓男孩就是那样，你不可以相信这种话哦"，每个女孩都不一样。无名想起邻居家的女孩。那女孩两只眼睛分得很开，有一张奇异的脸。无名想早点回家，再看看她的脸。这时，安川丸大声喊起来：

"老师，我想去厕所。"

"我也想去。"

"还有我。"

无名将意识转向膀胱，没感觉出去厕所的必要性。他看到正走出教室的同学的头发一起轻轻扬起，便不由自主地跟了过去。

无名想起，曾祖父笑着说过"三克友"是外来语，如果哪个孩子这么说了，最好不要跟着学，但"尿友"一词却是地道国语，无论哪种国粹主义者都会点头认同，可以大力使用。和朋友一起滋尿不仅有气势，还是毫无隔阂地说话的绝好机会。

曾祖父的脑子里装着无数死去的语言，没人再用的词汇。如果是不再用的餐具或者玩具，曾祖父会提出扔掉，却把不再使用的语言装进了大脑的抽屉，绝没有要扔的意思。

无名听说过，从前有过这样的时代，男生上男校，女生上女校，学校有性别区分。后来男生女生可以进同一所学校了；那时候厕所叫作"托依莱"[1]，只有托依莱和体育课内才男女有别，这个时代变化得还是不彻底；之后的时代，体育课内容男女一致了，托依莱分男女；再后来，男女性别开始变得模糊，于是这个时代也画上了休止符。

无名把托依莱听成了"脱衣"，从中感到了矛盾。据说托依莱是英语，和脱衣没有关系。无名学校的厕所是男女共用，里面交汇着红、黄、蓝和绿的鲜艳色彩，让人心情愉快。小孩可以坐在莲花上慢吞吞地拉粑粑，也可以冲着壁画里的菊花花坛滋尿。过去厕所不是玩耍的地方，一完事就得尽快离开，长时间逗留的人会被怀疑在干坏事。过去人们还认为，要竭力减少接触细菌。不知从何时起，人们对大肠杆菌不那么

1　同前文的航站楼，源自"toilet"，在日语中为外来语"トイレ"。

恐惧了，人的身体知道怎么与大肠杆菌打仗。夜那谷老师的口头禅是现在的生活环境里其实有更可怕的东西。

安凪站在无名身边，玩命地在和裤子搏斗。

"是马来半岛呀。"无名对安凪说。

"什么啊？"

安凪敷衍了一声，照旧和裤子拉拉扯扯。

"你想拿出来的那个东西，是马来半岛呀。"

无名说着，咻咻笑出声。无名的脑门儿里贴着一张世界地图，能看到眼前不存在的遥远国度的半岛和山脉。安凪却不知道马来半岛指的是什么。

无名的裤子是义郎特意缝制的，前面没有拉链，也没有纽扣，左右两片巧妙地重叠，遮住了前面。义郎八十岁后才开始学裁缝，很快就入了迷，学了一手好针线活儿。义郎给无名做过一件衣襟和袖子特别讲究的衣服。因为讲究得过分了，无名穿上很害羞，希望没人察觉出衣服的特别之处，可是龙五郎眼尖，一下子就看出来了，还高声喊："啊，这是什么，让我看看！"其他孩子跟着围了过来。龙五郎说自己想当一个做衣服的艺术家，这种工作过去叫作服装设计师，听说很受大众憧憬。龙五郎并非想当有钱人，也不想出名，只是想把梦中浮现的与众不同的衣服做出来，让人们穿在身上。"只要穿上就能变成蝉的套装，是不是很吸引人？"他这么问过无名。"一挥舞袖子，就能发出蝉鸣呢。"无名觉得害怕就拒绝了。龙五郎还向无名推荐，"想不想试试有一百个口袋的裤子"，无名问要那么多口袋装什么呢。龙五郎说，可以按照发音顺序分别装下铅笔、橡皮、糖块、玻璃球、车票和药片。

就在这时，本月负责打扫厕所的三个老先生进来了。他们观察装着雨蛙色液体的试管，进行着愉快的交谈。他们中的一个曾在大学教化学，一个过去在大制药公司工作，剩下的那个是从不讲述过去的人。无名这些孩子没有体力打扫厕所，所以青春老人里的精英们轮流来做义务清洁员。他们似乎不仅仅满足于打扫卫生，还自费发明了新型清洁工具和消毒液，源源不断赠送给了学校。看到这些人，无名觉得自己的排泄物在被观察，总是害臊地从厕所逃跑。忘了是什么时候，有一次安凪从厕所出来，迎面撞见精英三人组。安凪紧张得不行，就深深低下头问候："辛苦你们了。"不远处的无名看在眼里，感慨安凪太厉害了，从哪里学会这种问候的？后来上课时，大家说到问候礼节。无名举手说了这件事，夜那谷老师反倒不自在起来。

"'辛苦你了'是老板对雇员说的话。你可不是那些人的老板哟。"

听到老师这么说，安凪的脸一直红到了脖子根。

"那该怎么说呢？"他问老师。

"你该说'对不起'。"小窨自信十足地发言。老师轻轻按住小窨肩膀："'对不起'是道歉时说的话。不过在从前，'对不起'经常用来表示谢意。无论如何，你们没有做坏事，不用道歉。"

"但我们添麻烦了呀。"

"'添麻烦'已经是死语了，这一点你们要记住。在文明不够发达的过去，人被区分成两类：有用的人，无用的人。你们绝不可以继承这种思考方式。"

"过去还有'谢谢'这个词吧？"

"'谢谢'听上去软绵绵甜丝丝的，真不错。"

"这个词，现在也死了。"

有人嘶哑地吼了一声："感谢耶耶耶耶耶耶。"

笑声从孩子们的脚底汩汩涌出，教室里热闹得像沸腾的开水。夜那谷老师夸张地清了清嗓子：

"这是最近的流行语。有人为了表达谢意，会大声嘶喊感谢耶耶耶，但是在青春老人、普通老人，尤其是老年老人听起来，就不太对劲。不知道大家注意到了没有？"

听到老师这么问，所有孩子齐齐高声喊起来：

"没有噢噢噢噢噢噢噢！"

该把哪个字的发音拉长，孩子们事先没有商量过，却整齐一致，究竟是怎么回事？自己肯定不会这么拉长。如果有人非要他拉长音，他会说"没注意咿咿咿"，夜那谷老师暗想。看来一代人有一代人共通的节奏感。这时，龙五郎从共同体的笑声中退出，皱着眉头说：

"妈咪上次来的时候说了，'感谢'这个词很怪。"

"你还在用'妈咪'啊，你过时了！"安凪开玩笑说。"妈咪"这个外来语不知何时已被废弃，龙五郎的母亲没有扔，她将其混进奶粉里，哺育了孩子。龙五郎现在虽然不再和母亲一起住，每时每刻也能听到妈咪在他耳边温柔低语。安凪竟然嘲笑妈咪，龙五郎怒气上涌，向安凪扑了过去。

"打架了，有人打架了，我们来观战吧。"

无名的口气十分板正，好像在读课文。听他这么说，两人倏然停住，尴尬地看向无名。老师趁机插话，两人立刻忘记了自己正要打架。

"arigatou（谢谢）是一个很好的词，有些事情我们认为理所当然，但要把它当作难得的、让我们感慨很幸运的事，把心中的感谢和惊喜都表达成一句'arigatou'。"

夜那谷刚刚说完，就丧失了自信。现在所有的习惯和理念都异于从前，大人不再自信满满地教给别人"这才是正确的"，孩子们不信任充满自信的人。反倒是老实坦白自己没有信心，对方才会认真听你的。要在缺乏自信的情况下，一点一点摸索着前进，仔细斟酌每一步触摸到的东西，把自己的迟疑和思虑化成一句句语言赠与孩子们。不过，如果老师无法容忍自己没有信心，话语声就会越来越弱，教室里马上就会喧闹不堪，好似有人捅了马蜂窝，这么一来，老师便控制不住局面。对了，可以用那一招。

夜那谷走到教室后面，"哗啦啦"拉开橱柜门，无名的心被一双无形的期待的手攥紧了，跳动得越来越快。老师拿出卷着巨大世界地图的两米长的棒，在黑板前展开。无名垂直举起双臂，尖叫着"极乐"，笔直地飞了起来。其他孩子也不再说话，走到黑板前坐成半圆，喜欢这幅地图的不光是无名。地图被风吹得鼓起，像大帆船的帆，孩子们闻到了海水的气息，听见了浪声，身体随之慢慢摇摆起来。他们的头发在海风中舞动，海鸥的叫声劈开了蓝天。

"现在你们在这里。"

夜那谷船长伸直留着长指甲的食指，指向海马列岛[1]的正中间。地图上漂浮着很多褐色污点，孩子们认真辨认着哪些是岛屿，哪些是污点。无名慢慢挪动膝盖，凑到地图前。

"在遥远的过去，日本列岛是与大陆接壤的半岛，突然间被遗弃，变成了列岛。虽然和大陆分开了，可是直到前不久，和大陆离得还没那么远，上一次大地震后，海底出现深裂痕，一下子把日本列岛从大陆身边拉开了。这幅地图是地震之前制作的，地震之后，

---

1 日本列岛在地图上的形状酷似海马，海马在日语中有"竜の落とし子"的别称，意为"龙的私生子"。

虽然有过大规模的调查和观测，但直至现在也没有完成。政府说，不制作新地图的原因是没有钱，为此想新设立一项地图制作税。自从远离了大陆，日本在气候和文化上都出现了各种各样的变化。"

不知从何时起，夜那谷无论对成年人说话，还是对孩子说话，措辞语气都一样，不再特意区分。孩子们听不懂的词，掺杂在他们懂的词汇里，他们不用查字典，也能理解意思。在他们已懂的词汇里掺杂一成不懂的词，孩子们的词汇量才会慢慢增加。夜那谷觉得，自己能教授的是语言的农业。他期待孩子们能自己耕耘语言，捡拾语言，用镰刀收割语言，吃下语言变胖。

每次夜那谷展开地图，给孩子们讲述大海彼岸那些国家的事，孩子们都会盯着他，瞳仁好似被露水润泽的葡萄，他们听得那么起劲，好像永无厌倦之时。必须从这些孩子里选出合适的当"献灯使"啊。夜那谷身在每天都能观察孩子的环境里，把选择献灯使当作自己的使命。在这些孩子中，无名暂拔头筹，但还要守护观察他几年，看他将会如何成长，才能做出最终决定。

无名猛烈地眨着眼睛，头颅内部开始一阵阵刺痛，心脏的鼓动也从胸腔转移到了鼓膜，鼻腔深处有了淡淡的血味。可是，如果现在告诉老师自己不舒服，老师就会停下地理的讲解，无名咽了好几口唾沫，握紧拳头忍着。

渐渐地，在无名看来，世界地图就像一幅映见自己内脏的 X 光照片。美洲大陆是右半身，欧亚大陆是左半身，澳大利亚是肚子。刚才老师说了什么？日本列岛原本是和大陆接壤的，这是真的吗？日本在遥远的往昔是一座半岛？如果是这样的话，在遥远的往昔，人们可以走路去大陆，一直横跨巨大的土地，走到远得无法置信的地方，直至感觉到地球是圆的吗？

"那现在日本为什么被拉开了呢？"

有个同学问。无名回头，想看是谁在问，但他脖子发僵，转不过去。

"日本做了坏事，所以大陆讨厌日本。曾祖母这么说过。"

龙五郎得意扬扬地说。夜那谷听后苦笑着点点头。

"大家看，世界的正中央是一大片海，这是太平洋。太平洋的左边，是欧亚大陆和非洲大陆，右边是美洲大陆。太平洋海底的地层经常发生错位，每次错位，底层边缘就会发生大地震，有时引发海啸。这是人类的力量无法左右的事情，地球就是这样。不过，日本之所以远离了大陆，并不是地震和海啸的原因。自然灾害的危机，我们最终可以越过。你们要记住，不是自然灾害的缘故。"

夜那谷刚说到这里，教室响起激烈的火灾警报声。夜那谷走到红色装置前，关掉了装置。

"地球是圆的啊。"

等无名察觉过来时，发现自己柔和而清朗的声音正在教室里响起。他不知道自己要说什么，声音自己飞出来了。周围的孩子惊讶地看向无名。无名伸展双臂，就像鸟在扇动羽翼。他为了遮掩自己的难受劲儿才这么做的，看上去却像在胡闹着模仿仙鹤。老师也眯细眼睛笑了。

"是的，地球是圆的。我忘了说了，把这个圆铺成平面，就是世界地图。"

夜那谷说完，假装不好意思地抓了抓脑袋。安川丸一副上当生气的样子。

"啊？圆的？这么说，地图是骗人的？"

"什么嘛，原来是圆的啊。"龙五郎也发出扫兴的声音。

夜那谷不知该怎么回答，他没有欺骗孩子的意图。原本，他想告诉孩子们一件比地球是圆的更重要的事情，不过，也许地球是圆的这件事也很重要。

"接下来大家剪些纸，像做绣球那样，做一个地球仪吧。"

无名的头痛得好似两根尖锥在拧入头颅，他拼命挥舞手臂忍耐疼痛。其他人都看不出来这一点，说起来很不可思议。伴随孤立感，无名的视野渐渐模糊，为了让视线焦点集中，他眉头紧皱，狠狠盯着世界地图。无论怎么看，这都是我的自画像，无名想。安第斯山脉向外侧划出的弧线，还有一条向内的曲线，与我右腰到脚腕的骨骼曲线完全一致。上半身骨骼向上向内弯曲，正好与从左侧上升的山脉在白令海相遇。我的骨骼全都是弯曲的。这不是我的意愿，是骨头自己弯的。如果这就是疼痛，这疼痛从最开始就毫无缘由，天生就在那里。北冰洋的冰融化成的水，冰凉的海，是脑浆。地形交错复杂。整个肺叶是戈壁沙漠。

临近的手掌心，是欧洲。非洲大陆上半身丰满，屁股小小的，仿佛单脚站立的舞者。连接非洲和欧洲的脖颈扭向一边，甲状腺肿胀着，扁桃体也肿了，仿佛在呼叫太难受了救救我。肚子澳大利亚是一个袋子，能装大量食物的袋子，但都是我不能吃的东西。

"大家看，过去日本制作的世界地图，一般把太平洋放在正中间，向右是美洲大陆，向左是欧亚大陆和非洲大陆。不过，用不同的视角看地球，就会做出不同的世界地图。"

老师环视着孩子们的脸。无名仿佛一下子醒了，刚才世界地图的每一寸都和他的身体完全重合，这让他痛苦，现在的一瞬间，他从中解脱了。原来还有不同的地图啊。

老师继续说："海沟沿着太平洋构成了一个圆环。沿着南美北上，经过加利福尼亚继续北上，向左拐弯，渡过阿拉斯加，从堪察加连向马里亚纳，这样就描出了一个圆，日本就在这个圆环之上。现在这个环在日本东侧一下子凹陷了。"

"太平洋里的水能装多少杯啊？"安凪唐突地提问，孩子们笑了。夜那谷老师一脸平静地回答：

"地震晃出来不少，可能水比以前少了。"

"骗人，骗人，老师是骗子。"

小窑尖声喊叫。这时，无名的头顶感到了地球一波一波的振动，太平洋之水飞散在宇宙里。无名的手臂和指尖在痉挛。如果继续这么振动的话，他们的骨头和肉会溶解，变成细小的水滴，向四方飞溅。啊，怎么办，控制不住了。无名的眼睛和嘴巴变圆，形成惊愕的表情，他辨认不出周围的小孩谁是谁了，老师的脸如同一圈圈波纹扩展开去，再远，就要融入黑暗。

道路是透明玻璃板做成的，下方遍布空洞，深不见底。据说这种玻璃板能承受住很强的冲撞，不过万一要是断裂了，会落到多深的地方呢？现已知土壤里的大量有害物质渗透柏油路，已经渗出路面了。人们这么告诉国家，国家却不追究罪魁祸首。各地自治政府请来挖掘公司，去掉柏油路，深挖路下泥土，付钱请公司运走泥土，在上面覆盖了玻璃板，以防步行者掉进地狱。大众都很关心相关公司对污染土壤做了何种处理，想尽可能了解细节。颇有正义感的报社记者顽强细致地做了调查，其结果是国家收购了污染土壤。那么政府对这些高额收购的土壤做了何种处理呢？环境污染治理厅的官员尴尬地解释说，土壤被装载进私人宇宙飞船，扔到太阳系以外的宇宙了，这引发了国民的嘲笑。很长一段时间里，夜空中四散着无数星辰的冷笑。很多人担心，月亮听到这种解释后会惊呆，然后蒸发而去。不过幸好，没过多久，月亮就带着一脸倦色回来了。

　　月亮归位的那一夜，熟睡的少年人的胸部开始鼓胀，变得丰满，双膝着地叉开双腿时，传来犹如熟透的无花果的香气。无名被这甘美香气催醒，发现床单湿了，他下床来看，床单上有一片红色果汁似的湿痕。他感觉窗外似乎有谁在窥看，连忙拉开窗帘，只见大大的黄色满月安坐在低空之上，正瞪着他。今夜的月亮怎么这么大，难道是他近视加深，看不清楚的缘故？该买眼镜了。啊不对，他有眼镜的。他看见桌上摆着眼镜。无名知道自己十五岁了。他还清楚地记得有一天，还是小学生的自己看着世界地图昏了过去。这么说，就是在那时，他飞越了时间，冲进了未来。尽管如此，他感觉现在的自己变得更易被接受了。现在的自己，并不像一件尺寸过大的上衣臃肿地堆在身上，而是每分每寸都恰好贴合。

看着月亮，无名感到眼皮越来越沉重，他闭上眼，再次睁开时，天已经大亮。他脱下睡衣，换上青碧色的丝绸衣装，戴好眼镜，系上细细的紫红色领带，坐到轮椅上出了门。覆盖道路的玻璃在晨光中闪烁着肥皂泡似的七彩光。无名像冰球队员那样在玻璃上轻快地滑行。无名指尖的控制球清晰地读取了他的意念，他希望右拐，轮椅就会右拐，希望停下，轮椅便停下。无名上小学时，还能用自己的腿脚稍微走几步，随着长大，他的腿渐渐动不了了，甚至无法长时间站立。无名再次清醒地认识到，原来十五岁的自己不能走路了，对此他没有太惊讶。他希望轮椅朝向右前方，意念从下腹传到指尖，几乎在同时，指尖将一股轻微的压力传到扶手处的控制球上，轮椅开始向右前方滑动。

无名试着"啊"了一声。这声音不经由声带，而是从手表发出来的。声音年轻而柔和，脆弱，温暖，华美，精力充沛。至于呼吸器官，无名也觉得不可靠，看来不久的将来，他需要设置体外呼吸器，若是如此，身体就永远离不开机器了。如果轮椅翻倒，机器会怎么样？如果身边必须有人二十四小时照看，将会多么累赘啊。无名喜欢一个人外出，故意在下坡时弄翻轮椅，一路滚下去。他喜欢摔出轮椅，仰躺着远望天空。这种故意冒险的远足，还能尝试几年呢？

　　无名一点儿也不害怕从翻倒的轮椅上摔出去。这么一点点冲击力，玻璃地面并不会碎，而且无名擅长蜷曲身体，至今为止他都没有骨折过。轮椅一翻倒，内部的报警器自动呼叫救助，年轻的奶奶们就会立刻赶来。在她们到来之前，无名打从心底体会着摔落到地球表面的喜悦滋味。地球的引力会恋恋不舍地拽住他，他才不会就此在宇宙中飘远。无名仰望天空，呼吸着，心中没有不安。无名这一代人，已经拥有了不悲观的能力。只有老人依旧可怜。一百一十五岁的义郎身体还很健朗，早晨依旧在借犬私奔，为无名榨橙汁，切碎蔬菜，背着背包走遍菜农市场，用绞得干干的抹布清洁柜顶和木窗格，根本不给灰尘从容坐下的机会。他给女儿写明信片，把内衣浸泡在木盆里，双手搓洗，夜晚拿出裁缝箱，为曾孙缝制漂亮衣裳。若问他为什么一刻不停地劳作，因为如果他一事不做，眼泪就会纷纷滚落。

无名从怀里掏出印着大型客船图案的细长车票，因为穿越了时间，现在看着车票，他不知道自己为什么会有这张票，只有模糊的印象，同时，对车票也有些不清楚的记忆。他闭上眼睛，让呼吸平稳下来，搜索着记忆。慢慢地，一些模糊的未来记忆浮现而出。他被选为献灯使，现在要偷渡去印度的金奈。金奈的国际医学研究所正在等待他的到来。关于无名健康状态的医学研究不仅对全人类有益，而且说不定，无名自身也能因此多活几年。

小学时的班主任夜那谷老师来找无名，希望无名担任献灯使。那之前，两人之间已经很久没有联系过了。直到无名十五岁，一天夜那谷突然来访，不仅无名惊讶，也吓了义郎一跳。三人先随意聊了家常，之后老师带着无名出去吃了饭。两人进了一家专门烹制高级核桃料理的店，有人把他们让进一间没有窗户的单间。两人面对面坐下，交谈了三小时。老师先讲述了自己的生平。

夜那谷老师的父亲，名叫约拿单，婚后不久便失踪了。老师的母亲想终生珍守"约拿单"的姓氏，但在那个时代，单单是亲戚中有非日本人，就会四处碰壁，被众人警惕，约拿单的名字会招惹是非。实际上，她一直感觉自己在被监视，还遇到过几次破门盗窃。家里没有丢东西，警察却严密搜查了整座房子。就这样，她把约拿单（Yonatan）改成了汉字夜那谷（Yonatani）。她没有对儿子讲述丈夫的事，只用自己有力的双臂保护养育了儿子。无名听到这里，不由得认真打量了老师的面庞。他以前从未察觉到老师的五官颇具特色，此时忽然一下子都看清楚了。老师有高直的鼻梁，眉毛和眼睛之间深深凹陷，颧骨不突出，脸型不那么四方，下巴很长。

就是这天，无名第一次听到"献灯使"这个词。夜那谷老师压低声音说，送献灯使去外国这种事，是不能公开说的，但不是法律禁止的犯罪行为，所以无须害怕。就算偷渡之人被抓住了，也只是被关押几天，最终不会受到法律惩罚。政府公开表态，锁国政策是针对开国政策全面推广运动设置的，不具有禁止私人旅行的法律效应。就算此番表态是真的，但国家政策都有可能在一夜之间发生变化。这个星期谁都不在意的小行为，也许到了下个星期，就会变成终身监禁的罪名，这种事情不能说是零可能。所以在政策改变之前，夜那谷老师加入了"献灯使会"。此组织旨在寻觅合适的人才，把他们送到国外。这样一来，日本儿童的健康状态能得到正式的学术研究，如果以后外国出现同样事态，便可以此为参考。事态已经很明显，人们只能沿着地球曲线展望未来。锁国政策看上去威风十足，不过是散沙筑城而已，用儿童铲也能一点一点破坏掉。为了打破这沙城，献灯使会想用民间力量把一个又一个年轻人送到国外。

献灯使会没有会报，也不召开全员性质的大会，只是三四人一组，聚集在某个成员家交谈一下罢了，不为世人所知。会员不缴纳会费，没有会员证，本部设在四国岛，分成八十八处，分散在狭窄的四国岛上，很难确定地点。"那么会员能从外表上看出来吗？"无名问。"看不出来。"夜那谷回答。不过，会员每天会举行一个小小的仪式，自证是献灯使会成员，他们要在每天拂晓前起床，在一天工作之始，先点燃蜡烛，让烛光照破黑暗。蜡烛有固定尺寸，直径五厘米，高十厘米。

夜那谷解释说，无名只要在指定时间抵达横滨港，去悬挂着"国际旅客尽头"招牌的码头即可。那里停泊着一艘船腹上有绿线的国境警备船，到时会有一个制服男子走下船，无名向男子出示船票，问他自己该去哪里。如果那人说"你先上这艘船吧"，无名就无须犹豫，只管登船即好。那艘船会马上出海，将无名交到另一艘外国船上。夜那谷老师确信，至今为止他的学生里，再没有比无名更加适合当献灯使的了。无名小学毕业后，夜那谷老师托付了其他人，始终在守护无名的成长。

夜那谷断定十五岁的无名在精神上已足够成熟，再等下去的话，以后装上呼吸器就麻烦了，所以现在来找了无名。无名当然可以拒绝，也可以再等一段时间。夜那谷说着，太阳穴处淡青色血管微微怒张。

"我明白了。我立刻去。"

终生嗓音不变的无名，发出了清澈的高音。

无名与夜那谷约好，第二天还在这家餐馆里会面。回家路上，他想起曾祖父，骤然犹豫起来。无名能感觉到，自己和曾祖父的关系随着岁月变迁变得越来越紧密了。他飞跃而过的几年时间里发生了一些事，现在记忆碎片逐渐重返大脑，浮现出来。比如银色同盟。如果自己离开，那银色同盟怎么办？大约在三年前，无名头发颜色渐失，没多久就闪烁起了银光。无名曾痴迷地看着镜中的自己说：

"我们两个，头发颜色一模一样，就像双胞胎呀。"

他本来是想逗义郎笑才这么说的，但义郎听后，把无名拥进怀里，轻轻抚摸着无名的头发，流下了眼泪。无名连忙说：

"曾祖父，我们两个结成银色同盟吧。发色就是会员证明。曾祖父在五十多年前，头发就变成了银色，健健康康生活到了现在，那我也一样，能健健康康地再活五十年。"

义郎奇迹般地止住眼泪，眼角泛起了银色的微笑。

某日，邻家的根本女士忽然带着睡莲不知搬到了哪里。如此说来，就算无名是孩子，也能看出义郎和根本女士有过一段恋爱关系。根本没有留下写着新地址的便条，搬走后也再未联系过。义郎意志消沉了一段时间，后来说："她们一定出了什么事情，不得不隐姓埋名吧。尽管我很寂寞，但我有无名，没关系的。"由此，义郎萎谢无力的后背逐渐笔直起来，脸颊也重现了光彩。其实，睡莲不在了，无名心中也很痛楚，仿佛出现了一个空洞。随着时间推移，无名松开手掌，放开了一直烧灼手心的失望。他不知道他们在为什么而"不得已"，为什么会被这种蛛网缠绕，不过他接受了。

　　无名在小学二年级时的某日清晨，开始留意起睡莲了。那天，义郎把无名送到学校，一路用力推着顽固如水牛角的自行车把走回家。太阳仿佛带着怒火，掀掉薄云头巾，毫不留情地照射着义郎的额头。义郎感到，映入眼帘的一切都是烦人障碍，就连无辜的电线杆也挑衅似的用竖线切割了风景。他似乎想起了从前犯过的大错，记忆却不清晰，都怨这个过错，他们现在才被关进了牢笼。电线杆化成牢笼栏杆，每天早晨提醒义郎，他去不了对面的仙人之国。如果能把孙子的事全部交给女儿，曾孙的事全部交给孙子，自己独自飞向那遥远的天空该有多好。这不是期盼，而是愤怒。为了不让怒气撕裂心灵，义郎尝试故意大声笑，然而心情并没有变好。

　　过去有过一个悠闲的时代，无数步行者在红灯变青时一齐迈出脚步。那信号无论怎么看都是绿色，却被称为"青灯"。过去人们还说青青新鲜蔬菜，青草青青，对了，还有青青星期日。不是绿，是青。是碧。碧海，青青草原，碧空如洗。不是 green。什么？clean？清洁的政治？政治哪里清洁了！所谓的清洁不过是化学药品，政治家为了达到自己的目的，把别人定义成病菌，以清洁为名义，用消毒液杀人罢了。民营化后的各地政府只会在暗处对法律动手脚，哪里是政府，简直是正腐。真想把他们揉成一团，全部扔进垃圾桶。曾孙总说，想在野外草地上野餐，就连这么小的梦想都无法实现，到底是谁的错！究竟因为什么！因为野草都被污染了。谁来解决问题啊。财产和地位有什么价值？不如一根野草！给老子听好了！都听好了！不行就用挖耳勺把耳屎挖干净，空出耳道来给老子听好了！

就在这时，一粒小石头被自行车前轮弹飞，打中义郎的胫骨，疼！义郎刚想恶形恶状地骂出声，又不由得把脏话和唾沫一起咽了下去，等他想起无名此时并不在他身边，他可以尽情骂脏话时，心情已经萎掉，骂不出来了。我原来是一个性情暴躁、动辄骂脏话的男人啊，义郎想。如果没有无名在身边，他肯定会扔水果泄私愤，把生活搞得和腐烂水果一样恶臭。

回到家时，邻家房子的轮廓格外触目。义郎转到房子南侧看了，里面窗帘紧闭。义郎死了心，回到屋里，坐到折叠椅上，想继续写书。这时，屋外传来羽翼拍击声，让义郎心跳加速。是传信电鸽。他站起来打开窗户，一道黑影掠过地面，义郎慌忙光着脚追出门。按照设定程序靠电池飞翔的鸽子沿着义郎的房子转了三圈，在玄关前落了地。鸽眼亮如黑珍珠，颇有几分瘆人。义郎从固定在鸽足上的金色小筒中取出信，展开，上面写着无名今天在上课时昏倒，现在已请医生问诊。

十五岁的无名注意到前面过来了一辆轮椅，上面坐着一个似与他同龄的女孩子，头发也闪烁着银色的光。要不要拉她进我们的银色同盟？无名想着，做出极其温柔的表情，向女孩露出微笑。女孩停下轮椅，眨着眼睛，仿佛想问什么。无名以蜗牛的速度慢慢接近女孩，离得越近，少女的脸庞就越发莫名浓重起来。比起普通人，她的双眼分得很开，瞳仁似是褐色，但在阳光变换角度的瞬间，闪现出碧色之光。无名察觉到女孩正看着他的腹部，他也连忙低头去看，没发现奇怪之处。不过他感觉到了，他宽松衣服包裹着的膝盖之上，似乎放着一个无形的温暖圆球。

无名走过少女身侧后，立即掉转方向，让两辆轮椅并排。他觉得如果面对面交谈，两人距离未免太远。少女说：

"好久不见。"

什么？无名下巴伸向前方，转过头来，和扭头看他的少女脸对脸。一瞬间，他感觉自己快要被吸进少女双眼之间的空白里了。

"你，是从前住在我家隔壁的那个女孩？"

"你记得我？"

"你突然消失了，我还担心呢。"

"事出有因。"

两人沉默片刻。

"你现在有时间吗？我们去海边走走吧。"

睡莲点点头，两人并排在玻璃路面轻快地滑行。无名的脑海角落里，一些疑问浮现又消失，比如海为什么这么近，本州岛何时变得这么窄了。右前方出现了一个很陡的下坡，无名没有刹车，让轮椅加速猛烈

献灯使

滑下，轮椅陷进沙滩的瞬间横着翻倒，无名摔出轮椅，倒在热沙上。他剧烈喘息着，冲着还在坡顶的少女大声喊："你也试试看！"

睡莲的轮椅也滑下陡坡，速度越来越快，车轮触及沙滩的刹那，睡莲改变身体重心，巧妙地倒在无名身畔。待到她呼吸平稳时，海浪涌来又退去，已消散了好几回。

"如果我要去大海对岸，你跟我一起去吗？"睡莲问。

无名非常惊讶，未及他回答，睡莲已经皱起眉毛。

"我以为你有旺盛的好奇心，是我想错了吗？你的好奇心输给了不安。那就这样吧，我一个人去。"

无名连忙回答："我当然和你一起去。但是……"

无名本来想说他也准备一个人去国外，不过，他心里第一次有了伺机进退的小谋略，让他把到嘴边的这句话埋进了沙子。只要他不如实说，睡莲就会以为他为她抛弃了全部生活，单单为她一个人而下定了决心。

温热的沙子散发着海藻味，糊在肌肤上的热空气混合着汗水，嘴唇上尝到了盐味。波浪声近在耳边，抬头去看，海比想象的远。热沙温暖了下半身，无名的意识流动到那里的瞬间，心的怦怦跳动猛地停了。他的大腿之间正在发生变化。他在变成女性。贝壳破碎而成的细沙黏在睡莲额头上，晶莹闪亮。睡莲现在还是女性吗？或者，她变成了男性？她依然有一张美丽的女性面庞，不过如今这种模样的男性数不胜数。睡莲的眉头和嘴唇微皱，做出诱惑的表情。无名抬起上半身，想认真凝视正发出无声之语的睡莲的嘴唇，热沙拉住了他，让他动弹不得。无名摇晃左右肩，试图坐起来。他看到睡莲的上半身垂直坐起。睡莲的脸庞覆住了无名的天空。眼睛和眼睛之间分得很开。右眼。左眼。都变得模糊，变得越来越大。那两个看上去并列的东西实际上不是眼睛，是肺。不是肺，是巨大的蚕豆。不是蚕豆，是人的脸。左边是夜那谷老师的脸，右边是义郎的脸。两张脸带着忧色扭曲着。

"我没事的，只是做了一个美梦。"无名想这么说，舌头却动弹不得。他想用微笑让两人放心，正这么想着，黑暗戴着手套，探到他的后脑勺下方，连根攥住他的脑浆。无名坠入了漆黑的海峡深处。

▼

韋駄天踏破一切

她们都觉得，对方口中即宇宙，

外面的世界不过是这个宇宙的巨大微缩模型而已。

お互いの口の中が宇宙で外の世界はその宇宙の大きす
ぎるミニチュアに過ぎないんだという気がしてきた。

東田一子在生花[1]。

花朵有时会妖化成其他东西，比如有时草字头会消失不见。妖化之花很可怕。

有人告诉她，如果你没有**趣味**[2]爱好，就像口中**未尝**过魅惑美**味**，那你用来踏破人生的力气就会被抽空**取走**，徒然衰老而去。于是東田一子在丈夫过世后，开始练习生花。"生花"这个词说出来莫名有种恐怖的回响。人们在花道教室里，剪下植物的**首级**，把切口浸泡到水里，花瓣会发出一声男低音般的呼痛呻吟，淡淡血色在水面扩展成大理石的纹样。一子最开始觉得这很难忍受，不过马场老师是一位优秀的向**導**。多

1　日本花道称呼插花为"生花"。

2　本篇加粗字体和繁体字有意义，皆保留自原文。

亏马场老师，一子渐渐感受到了花道的光明。之前一子认为人生迷茫，寸尺之后便是晦暗，现在她的指尖悠悠地燃起了小火苗。

一子学花道之前，还去过短歌教室，很快就不去了。每次老师要求学生作一首短歌上交，在一子听来就像"交出你的首级"。她惊恐不安，与其割自己的首级，割花朵的更轻松吧，于是她换了兴趣。

東田一子过世的丈夫不爱开口，性格坚毅，品性正直。他喜欢爬山，身体一直健康，却不知从何时起患了胃癌。做放射治疗前，丈夫提出要去长久未归的故乡老宅看看，一子买了崭新的旅行包，和丈夫换乘了几趟普通列车，一路奔向北方。丈夫的双亲早已搬走，不住在那里了。村里人迹渐失，虽然无人居住，却有人来上班照看水稻，所以稻田依旧是一片整齐的青绿。这里的米没人吃，田园风光却是真的。夫妇打遍电话，想预约尽可能离稻田近的酒店，酒店没有空房，据说已被想远眺旧居的归乡观光客住满。没办法，他们只好在稍远处订了一家新建的酒店。

夕暮时分，两人扫墓归来，坐在酒店餐厅阳台上要了一份"当日主厨推荐"的法国菜。最开始，一子对"当日主厨推荐"几个字感觉隔阂，不过她马上把自己交给了错觉：与其自己选菜，被动接受主厨力作一定更加幸福。

太阳慢慢落山，卡芒贝尔干酪[1]似的月亮从云间浮现，照亮苍白的稻田。这米无人吃，这份栽种培植的耐心还能坚持几年？尽管环境已被污染，除草剂依旧被禁用。荒草早生快长，状如獠牙的锐利草芽追逐咬噬着稻秧。无论人怎么照看稻苗，稻田终究会变成一片荒草之海吧。人们开始在这块土地上种植水稻是几千年前的事？月亮的存在又远远早于稻田，始终与人保持着不至于横遭毁灭的距离。田与月，就是胃啊。丈夫这么说着，忽然笑出了声。

某年春天，東田一子上了短期大学后，性急地相亲，邂逅性情沉稳的丈夫后结了婚。她还没来得及找工作，丈夫就调动到了茨城。她带着从东京下町宠物商店买来的柴犬搬到茨城，在那里组成了一夫一妻一犬的三角家庭。此犬以快于人类七倍的速度衰老死去，他们没有孩子，丈夫继而离世，此世只剩下她一

1　源自法国诺曼底地区的奶酪。

人。丈夫给她留下了"東田"之姓、可保生活无虞的保险金、已付完按揭的房子和一山的孤独。

一子曾乐观地想，身边只要有微笑着听她说话的丈夫，她就无须费尽力气去结交朋友，也能躲开孤独之虫和孤独之狐的咬啮，平安无事地走完人生。她厌烦与人打交道。不过，她没想到丈夫这么早就离开。

参加花道教室后，一子只是在旁静观他人的举动，从不主动说话。不是因为她内向，只是她害怕被别人的话语伤害，也觉得察言观色太麻烦。

马场老师一边以艺术为人生追求，一边为谋生而开设了这间教室。老师厌烦透了来上课的太太们，嫌她们没有上进心和探求欲。有一次，太太们在教室里姹紫嫣红地闲聊成一片，马场老师呵斥说："你们光顾着张口了，日头很快就会落下，晚上你就算睁大双目，也什么都看不见的。"一番话中，"口、日、目、见"每个汉字笔画渐增。马场老师为了把音乐渐入高潮的感觉图像化才这么说的，不过环视教室，似乎无人为此轻妙魔法发出惊叹。马耳念佛，对牛弹琴。太太们照旧毫不在乎地开始骚闹闲聊。马场老师不设置升级考试来检验学生，也不召开作品讨论会，只漫不经心地经营着这间纯兴趣使然的花道教室。

　　不过，只有一个学生看上去颇有野心。别人忙着胡扯，唯独此人心气骄矜，仿佛与恶龙搏斗的中世纪骑士，和眼前的鲜花对峙。她摇乱了头发，高举剪刀，左右腾挪着，坚定地猛下一剪时，有时却剪到自己的手指，发出吃痛的呼声；有时将花枝用力扳成弓形，不小心松手，花枝回弹鞭打到其脸颊，花棘也经常刺破其皮肤。经过艰苦卓绝的奋战，她会用高人一等的眼神睥睨视作品。此人姓"出口"，众人背后叫其"口出狂言"。出口与自己的花过招倒也罢了，还对别人手里的玫瑰口出狂言——"平衡感太差！"——招来众人反感。大家互相切磋琢磨是好的，而出口是个"切搓诼魔"，常常出口便是"我对色彩感觉有自信""对手感分寸有自信""说到事务处理，我有自信""对活儿有自信"，总之把"自信"挂在嘴边。在众多为了合群而有意营造谦逊人设的太太看来，出口是个异样之人。

　　花道教室里有一位名叫束田十子的美人，她从没请过假，每次都来上课。一子对十子莫名在意。十子的嘴唇鲜红丰润如石榴籽，浓密睫毛下倏尔闪亮的眸子里似乎隐藏着秘密。十子背骨柔韧，回首时的身姿十分妙曼。她腰身苗条，却不似其他女人那样瘦得仿佛在自虐，她黑色丝袜下是一双强健有力的小腿，脚踝纤细。也许她上学时参加过田径队？十子和一子一样，也在静静观察周围的人。两人充满好奇心的视线飞跃过一个又一个人，有时会在半空中撞到一起。

有时十子和姐姐一起来上课。看样子要年长十岁的姐姐拿十子当洋娃娃般宠爱，叫十子"小貂"。東田一子问姐姐，为什么是"小貂"呢？

"十在英语里不是 ten 嘛；再说她的脸有点儿像貂[1]。"姐姐回答。如此说来，十子的面庞确实有种小动物似的优雅和呆萌。

有一次，一子想去小便，出了教室看见小貂走在前面。小貂转过走廊拐角，一子跟着拐过去，发现小貂不见了，前面没有路，右边深处是卫生间，一子自然以为小貂进去了。谁知道女子卫生间的隔间全部敞开着，空无一人。一子返回教室时，小貂已经若无其事地在剪花朵的手脚了。

1　日语中"貂"的发音为"ten"。

韦驮天踏破一切

那天晚上，一子做了个奇怪的梦。赤裸的小貂四肢着地，在地上爬，左右摇晃着光屁股。几支青玫瑰笑着在风中摇曳。一子拗弯其中一支，毫不犹豫地把花瓣塞进小貂双腿之间嗅着味道。明明是花，却有着人类的性的气息。小貂的肛门是紫玫瑰，一子不由得赞叹世上还有这种事情。一子清楚地知道自己不是在做社会课参观的小孩，虽然见识了新东西，但不能久看，可她还是看得目不转睛。

一子上高中时，没化过妆，没穿过露大腿和胳膊的衣服，实际上她不像外人以为的那么纯真。她找遍了性欲旺盛的女人们翻译的小说，积累了性知识，每夜变着花样想象着性，期待以后的结婚。一子看上去性情淡泊，内里却蓄积着炽烈的对性的好奇心。新婚之夜，她几乎迫不及待地压住了新郎，那之后她和丈夫夜夜密不可分。现在丈夫遽然离开，剩她一个人了，她不知道该把这找不到出口的热力导向何处，虽然没有着意去找，却也在全心全意地寻觅着什么。

那一天是佛灭日。出口瞪着纯黄色的菊花发表着宣言："今天有自信！"東田一子听后，心中咯噔了一下，停住了手。今天有地震[1]！一子想把这个恶兆预言驱出脑海，便开始全心全意地生花。窗外的天空青蓝无比，仿佛在冷笑。插完请老师指点后，学生陆续走出教室。一子今天不想立刻回家，她和走在最后的小貂一起出门，说了些"今天是个想散步的好天气呢"之类的话。一子鼓足勇气问小貂："我们去喝杯茶再回家吧？"小貂听后毫不犹豫地回复："太好了，我们去附近一家名叫颤音的店吧，你知道那里吗？"听到小貂这么说，一子反倒不安起来，小貂为什么会立即答应？最可怕的是保险员的营业推销，第二可怕的是新兴宗教的宣传。

小貂熟门熟路，走入大厦和大厦之间的小路。那里有无数小酒馆，离开门时间还早，黑洞洞的不见灯光，气氛冷清。野猫旁若无人地舔着自己的屁股。穿过小路向右拐，走过眼镜店和药店，抄近路穿过公寓停车场，还是没到颤音，一子开始揪心了。她们沿着小学操场走过，横穿加油站，走过一片居民街区，来到大路上。占卜师的桌子摆在那里，占卜师本人不在。東田一子叹气：

1　日语中"自信"和"地震"同音。

"啊，**店掉了头，变成了占。**"就在这时，前面出现了颤音的招牌。

店里光线昏暗，一子感觉自己走进了纽扣紧扣的衬衫里。啊，那些不是纽扣，是挂在墙壁上的一排假面。是大洋洲民族的面具吧？椭圆的，板球拍形的，还有神秘难言的，皱巴巴的，不知那皱纹究竟是花纹还是波浪。其中一个酷似出口。一子仔细打量着面具，听见对面的墙壁传来拍击海滩的太平洋涛声。

"我们坐这里吧。"听到小貂说，一子才回过神来。店中桌椅巧妙利用了不规则的木纹和树干的天然扭曲。两人面对面坐下，垂下眼帘认真看起菜单来。用黑色围裙紧束出纤瘦身体的年轻男侍走过来，東田一子吃了一惊似的抬起头："我要黑咖啡。"小貂也要了同样的。侍者订正说："您要的是拼配豆咖啡，没有错吧？"

東田一子想，这是她主动邀请的，得热情一些，不能冷场，但她毫无白信。小貂却怡然自得，有时说"**壁上的土俗假面很有意思吧？我正辟易**[1]法国印象派

---

1 日文，意为"对……感到为难"。原文如此。

的复制品呢，这样看着假面也很舒服"，有时说"我姐姐总说，喝了咖啡肝脏会干裂，肾脏会变成傻瓜，所以我总是没机会喝"，有时还说"这家店的无花果蛋糕和香蕉蛋糕特别美味"。她就像个高中生，想到什么就说什么。一子接不住这些话，只在一旁干咽唾沫。她原本很想吃蛋糕，却忘了点了。

咖啡上来了。小貂似乎经常去看各种展览。她说前几日去看了白血病患儿绘制的"百皿展"，还讲她看过一个咖啡豆产地的民众摄影展。一子在旁天马行空地想，从"咖啡"左边去掉两口人，是"加非"，"豆"加上"页"就是"頭"。她也回想了自己看过的展览，试探着说："前一阵子我看过一个磨咖啡豆的工具展。不仅有木质工具，还有石头做的。咖啡豆在石头上碾碎时的声音和香气一定很美味。"她刚说完，脚下的地板仿佛在回答她似的，像石臼一样慢慢转动起来，墙上的假面们"咔嗒咔嗒"地发出喧噪声响。東田一子有些害怕："难道假面被恶灵附体了吗？"不过她看见小貂一脸平静，自己慌乱不安总不太好。想到这里，她抑制住声音中的颤抖说："想必是一场小地震。"咖啡杯也犹若鬼魂附体，在桌上跳起舞来。

早知道这样，就该要一份无花果蛋糕吃下去的。无花果的汉字是哪几个呢？第一个字是"舞"还是"蹈"？如果刚才向侍者点了，这会儿无花果说不定也在碟子上跳舞。不对，不对，没有舞。也没有雾。第一个字应该是"無"。仿佛牢笼长了脚的"無"。

墙上的假面们越发激烈地拍击墙壁，咖啡杯配合着假面，在桌上跳起踢踏舞。地板旋转得让人头晕目眩。或许地狱的 DJ 把小城当成了一张唱片，正在来回旋转摩挲。小貂用力抓起膝盖上的小皮包按到胸口上，她的身体开始上下动起来了。東田一子双手攥住椅子腿，可是椅子也像被恶灵附体了似的舞动起来，把坐在上面的一子抛到半空。对面的小貂跟随椅子一蹦一跳。这样下去可不行。看来出口"今天有地震"的预言是准的。

"这个地震太磨人了，没完没了，还在摇呢。"小貂说。隔着玻璃门，她们看到远处升起了火焰。只是地震还好，再加上火灾可怎么办。出口曾说过"我对活儿有自信（地震）！"难道出口的意思是"火有自信（地震）"？难道她并没有说错？

男侍在地板上斜爬向前，纤瘦的身体扭出黑豹般的曲线，爬到店门口，陡然恢复两脚直立，用肩膀撞开门，一溜烟儿逃远不见了。同时店内传来盛大的破碎声，是柜台里的咖啡杯一齐飞出来砸到地板上摔碎了。

東田一子用镇静的声音说："我们走吧。"小貂也平静地说："好的。"两人十指紧扣，出了店门。

外面各户人家的独栋小楼像咖啡杯似的左右摇晃跳着舞。电线杆徐徐低头向行人表示敬意，随之屋顶瓦片"哗啦哗啦"地用落地代替了行礼。两人步调一致地走着，仿佛一只动物身上的四条腿。如果停下脚步，就会立即感知到脚下的地面正在痛苦扭动，这种感觉实在恶心。她们只得不停地走下去。小貂忽然想起来什么似的："我家就在附近。"

地面变得乖僻任性，踩它它会躲开，会凹陷。小貂快要向前倾倒时，哪怕自己的胳膊快被拽脱臼了，一子也紧抓着小貂不松手，所以小貂才没有摔倒。

她们本来想一步一步地走，不知何时跑起来了，脚步轻快。我竟然能这样跑啊，身体轻盈极了，一子想。二人的呼吸那么合拍。她们径直跑下去，远远看见了往同方向跑的人们的背影。

東田一子想象了一下自己孤独一人奔跑的样子，不由得打了个寒战。"啊，太好了，有小貂在我身边"，她这么想着，看向小貂。小貂发出一声尖叫。一座两层小楼扭曲着倾斜了。小貂像幼儿园的孩子一样，把小皮包斜背在胸前以防丢失。现在，她松开東田一子的手，从皮包里拿出手机。

"姐姐来消息了，家里没人在，都平安无事。"

一子刚想问问细节，背后传来低沉的话音，有人在说："这里太危险了，不能停留。"两人重新十指牢牢相扣，却不知该去何处，只跟着众人跑起来。不可思议的是，众人都朝着同一个方向跑，看不到反向的。一子问路边停脚喘息的男人：

"对不起，那边有什么呢？所有人都朝着那边跑。"

"谁知道呢，我也不清楚。"

男人说完又跑了起来。一子和小貂紧紧拉着手，互相点了点头，再次跑起来。小貂用田径队前辈的镇定口吻说："保持稳定的呼吸非常重要。"一子照办，整理了呼吸。她们本想慢跑，却超越了前方一个又一个人。

跑在前面的几个人右转了。那边停着一辆巴士。身穿深蓝色制服的男子不停挥舞着戴白手套的手，高声喊着："快点快点，快点上车！这一带太危险了，巴士会把你们送到避难所。不用买车票，请上车。"

東田一子和小貂对视一下，无言地互相点点头，上了巴士。双人座椅坐上去非常狭窄，两人身体紧贴在一起，等待巴士出发。東田一子平时闻不得汽车尾气，这辆巴士则散发着薰衣草香。过了片刻，巴士满员后启动了。

坐在窗边的一子微微扭头，战战兢兢地向外看去。倾颓小城的种种光景仿佛飞舞而过的纸牌逐一飞入眼帘。裂纹如蛛网的玻璃门；甩到路边的运动背包里半露出留有血痕的毛巾；谁的优美后背的照片被践踏到破碎；按摩店的招牌倒在地上；散落在路上的鸟笼空空荡荡；自行车倾倒了，轮胎兀自空转着；商店的洗发水和肥皂货品散乱到了路上。

车窗外渐渐暗下来。一直僵坐着的東田一子此刻仿佛融化了，瘫到座位上，小貂也松弛下来，靠向一子，就像一块柔软的豆腐靠向一块柔软的魔芋。空中并排升起两个月亮。

韦驮天踏破一切

"怎么回事?"東田一子指着双月问。

"双月相伴才成朋友吧。"小貂笑着说。

两人对视着,起初脸与脸相距十厘米,后来变成九厘米、八厘米、七厘米,距离越来越短。一子以为,小貂全然不是一个异常激情的人,不过现在,小貂就像给全然的然点了火,燃起来了。舌头化作火焰,两人以舌焰开始击剑,双舌渐渐缠绕到一起,在口中渐隐渐现。两人越来越贪婪,不顾一切地想吞噬对方的唇。她们都觉得,对方口中即宇宙,外面的世界不过是这个宇宙的巨大微缩模型而已。

巴士向前行驶,昏暗的车里没人说话,却到处都是人的动静。有人把鼾声浊音化,打着"赣",有人汗流浃背,有人用手机发着邮件。尽管声音和气味在干扰,一子和小貂照旧耳鬓厮磨,一只手缠绕着对方,另一只手急切地摸索着对方的身体。至今为止,两人都没有这么深入地进入过他人的身体。譬如,有一个字写作"東",让字形保持完好,才是对汉字的基本礼仪,可小貂把手伸进了"東"的"口"里,抓住那根美味的横杠,想拉出来。"不行的,啊不行的",一子呻吟出声。为了夺还,一子把手伸进躲藏在可爱外号"小貂"背后的可恶十子的双腿相交处，抓住"十"的竖杠，摇动着拉向自己。原本牢固的"十"立刻软倒了，小貂向后弓起身子，发出"唔"的一声。二人互相争夺，夺还，改变字形，改变笔画数，尽情享受着唯有汉字才能赋予的奇异快乐。到了后来，她们自己也分不清了，究竟谁是束田一子，谁是束田十子。

一场激烈缠斗之后，她们困倦地睡着了。时而有加油站的灯光好奇地打亮她们的睡颜。夜晚温柔地给破碎的城市盖上深蓝色毛毯。当然，也有无数人和枭[1]一样，整夜双目圆睁，迎来了黎明。

炫目阳光惊醒了一子，小貂的微笑近在眼前。巴士轻柔地停下，有人指示一车人下车。两人的衬衫扣子都从上面松开了一半，胸罩耷拉在肚子上，裸露的乳房下面，松开的裤带恍若一条蛇。她们快速整理好衣服，手拉手下了巴士。周围人的头发都乱糟糟的。一子感慨地想，在没有梳子的世界里，人会变成这副模样啊，也许自己也和他们一样，今后再也不想重视镜子了。一子想到这里，反而感觉很轻松。

1　即猫头鹰。日文原文如此。

从巴士下来的男女加起来大约三十人。电脑推销员模样的商店店员、穿着情侣登山鞋的白发夫妇、拎着圆点提包的几个学生、高跟鞋只剩单只的浓妆女、戴着眼罩的西装男、忘记摘下白手套的出租车司机、戴眼镜很漂亮的女人、身穿加油站工作服的青年，各色人等排成两列，横穿过学校操场。前方是大门敞开的学校体育馆，进去之后便看见堆积如山的毛毯。一子忽然感到寒冷，裹上一块毛毯，小貂也立即模仿她。有人指示他们可以在此暂时停留住宿，据说这所学校去年因为学生人数锐减而被迫关闭了。

体育馆最里面堆放着上百个纸箱。两个身穿牛仔裤的人用刀逐一划开纸箱，并对走过来的避难者微笑着说："请从中选取你喜欢的东西。"不用说，支援物资不可能这么快就抵达，据说这是上次地震时未及分配而保管至今的物资。若是让人们自行挑选，不会出现商场打折时的拥挤场面吗？不过，此时完全没有拥挤抢夺的迹象，人们不知所措，仿佛收到了遥远外星赠送的陌生工业制品。毛衣、坐垫、帽子、拖鞋、座钟、收音机、毛巾、牙刷、肥皂、吹风机、水壶、水杯、叉子、勺子、碟子、手提袋、绒布玩具。一子心头飞快地涌上一种奇妙的感觉，在过去的生活里，我们一直以为这些东西是不可或缺的啊。她的大脑花了很长时间才启动运转。

体育馆的地板擦拭得十分光洁，连一根头发也没有。一子和小貂把毛毯并排铺好，用靠垫当枕头，枕边放上时钟，营造了她们的卧室。把两个坐垫摞起来，上面摆一台收音机，采几朵蒲公英插在杯子里，营造了起居室。在大大的托盘里放上饭碗、筷子、茶壶和茶杯，准备用这些就餐。最后，她们割开纸箱，用晾衣夹固定纸板，做成墙壁，这样就有了自己的房子，一子和小貂成了一家人。

"有点儿像过家家。"一子说。

"像新婚夫妇。"小貂兴奋地说。

就这样，体育馆里建成了一个接一个的夫妇之家、独身者房间、学生宿舍。他们共用体育馆的淋浴室和厕所。每天轮流用从前的垃圾焚烧炉做饭，乡土博物馆提供了巨锅。近邻农家送来了蔬菜。还有人送来了装在塑料袋里的大量面包。

几天后，几箱衣服也到了。一子要了一件她以前从未想穿过的紫色丝绸连衣裙，反正没有镜子，就

190

韦驮天踏破一切

算穿上之后仿佛变了一个人，一子也不以为然，只觉得放松。小貂穿了男式背带裤，帽檐朝后戴上棒球帽，笑着说：

"好像戏装。"

"你在扮演谁？"一子问。

"我自己。"小貂回答。

一子很幸福。从清晨到夜晚，她都不是孤身一人，总有小貂在身边。她们把面包浸在蔬菜汤里吃；摘采杂草，插出优美的形状；在水龙头下清洗内衣，晾晒到樱树枝上，仿佛在做圣诞节装饰；她们坐在秋千上看着月亮，喝着物资里的啤酒。无论做什么，都很快乐。当然也有很多时候想呕吐，流过眼泪。不过，如果把这些全部放到时间的筛子上，最后留下的则是无数快乐的记忆，悲伤记忆也只有一个罢了。虽然只有一个，这唯一的悲伤却压倒了几十几百个快乐回忆，沉重无比。

一个又一个的避难者被家人接走，体育馆里日渐清寂。一个晴朗之日，下午两点，小貂的姐姐带着两个西装男子，还有一个上小学的男孩坐着奔驰车来了。不知姐姐是不记得花道教室里的一子，还是不想记得，总之她看见一子后，面无表情，没有打招呼。小貂一看见姐姐，眼泪立即决堤，被三个人搀扶上奔驰车。车就那么启动开走了，小貂没有回头看一眼一子。也许她那时候情绪不稳定？不过，小貂若想联系，总是知道体育馆地址的，总是会来看一子的呀。一子捡起破碎的心，坚硬地冻起来，下定决心"不等了，忘了吧"。接下来的一天，再后来的一天，她都确认了自己决心已定。可是，几天过去后，不等待的决心就像一块硬结，让她痛苦。不等和等下去，同样苦涩。

满月之夜，一子感到胸闷，仿佛小猫踩上了胸。醒来后她无法继续躺下去，于是坐起身，穿上运动鞋，走到寒冷的操场仰望夜空。夜空挂着一轮卡芒贝尔干酪似的月亮。这不是竹取物语，天女并没有飞回天宫。静站在那里实在太冷，一子跑了起来。随着呼吸变得紊乱，之前她禁止自己等待的坚定意志松弛下来。等待不是坏事。未来定有一天，她们将在地上相遇。一子跑啊跑啊，不知在自转还是在公转。一子留意着悬在头顶的月亮，喘息着呼出一团团白气，沿着操场跑了两圈、三圈、四圈，停不下脚步。

韦驮天踏破一切

彼岸

只有向大国叫嚣，

他才能分泌男性荷尔蒙。

大きな国に殴りかかっていくことで

初めて男性ホルモンが出るのである。

一个男人看见一架战斗机像片落叶似的旋转着掉了下去。男人虽已不住在这里，但舍不得丢下常年照看的小小蔬菜田，每天专门坐着电车过来。

　　正要摘取一根歪扭细黄瓜的手停在半空，战斗机消失在驼峰形小山的背后，多半掉进大海里了。他此时站立的位置看不见海。

　　男人小学一年级时，整座小山被划定为禁止入内区域，自那以后，村里就不能直通大海了。海边没有海滨浴场，没有渔港，只有填海造出的广阔水泥地，上有一座状如富士山上半截的建筑物。这是一个外层皮肤光滑，内侧却隐藏着八千尖刺的怪物。男人在少年时代曾留意过这座建筑，后来忘记了。现在，往昔的记忆从漫长昏睡中苏醒，可是来不及了，爆炸声撕裂他鼓膜的同时，也彻底消融了他的大脑。

飞行员看到一座巨大建筑忽然出现在自己头顶，惊诧的同时也记起："哦，大楼本不该在我头顶，而应在我身下，我正头朝下坠落。"他很冷静，仿佛掉下去的是别人。时间一下子变得黏稠而迟缓，剩余时间也许不到一秒钟，他却动用了许多词语思考了起来：

"真像一座军工厂。没想到这种地方竟然有军工厂。过去日本神风突击队队员在坠落时，说不定也会感到时间在减速，变得越来越慢。不过，神风队员是人肉炸弹，我没有理由那么做。我的坠落，单纯是场意外事故。燕子冲进发动机里，螺旋桨停转了。愚蠢的死法。早知如此，我就不参军了。一直在疗养院悠闲度日多好。我为什么不能把自己呼吸系统多病当作一种福分呢？为什么我想拿出男人气概去干危险工作呢？最后竟然在这个与我毫无关联的亚洲岛国，撞上一座无聊的工厂，这死法太荒诞了，我都笑不出来，也太没意义了。"

十八岁的飞行员以为这座建筑只是一处工厂，其实这是刚恢复运行一个月的核电站。新闻报道说：

彼岸

"在法国优秀企业的帮助下，我们用最先进的技术做了多次安全验证，在得到当地居民的赞同后，核电站终于恢复运行了。"实际上，究竟谁赞同了，无人能说清。因为这一带只有一个居民，此人名叫山野幸绪，曾是个诗人，他反对重开核电站。其余当地居民因为反核运动出现家庭内部纠纷，身心疲惫之下，离开了这片土地。

三个月前，在巴黎召开的某国际会议上，忽然讨论了日本核电站重新启动的安全性问题，得出了"只要不发生意料之外的事，就绝对安全"的结论。与会专家来自利益对立的二十二个国家，所以不太可能全员都被收买了。然而，就算没有黑幕，最终结论也难称科学与客观。当下的政治已与个人意志无关，往昔那种政客、学者和财界人士在高级料亭一边饕餮高级海鱼，一边压低声音做腐败之事的场面不复存在。理由是捕不到高级海鱼了。自从某料理店的老板娘以间谍嫌疑被捕，政客们不再敢去料理店。新型世界经济流通方式取代了旧办法：这边的大脑发出无形信号，对方的大脑接收；特定圈子的人用这种方式达成下意识的共识，同意者的银行账户里会自动汇入利益额。

目前，无论生物学者还是经济学家，都尚未明确研究出这种新型贿赂的方法原理，但很多平民，尤其是诗人，已经感知到了这是怎么回事。

目光犀利如刃的记者将话筒像棍棒一样捅到专家面前，专家回答："只要不发生意料之外的事，就绝对安全。"

出了故障的飞机坠落到核电站顶上，是典型的意料之外。一般来说，战争经常发生，有战争，战斗机就有可能坠落，并非意料之外。但这次坠落并非发生在战场上，毕竟和平时期的士兵也需要吃饭，美国军人要吃只有从美国才能弄到的特殊食材，美军飞机运输食材时发生故障，才掉了下来。根据军队的方针，运输机和战斗机的区别被废止了，失事飞机用旧标准看，是一架战斗机。然而，此事故的原因真是一只燕子飞进了发动机，还是有其他原因，无人知晓。运输飞机本应装载军需食材，但出于特殊原因，唯独此架飞机装载的是本应由其他飞机运送的最新型炸弹的试验品。

飞行员是新泽西人，让人想起有些优秀作家拼命塑造出的"性格普通而单纯"的青年，他堪称此类角色的典型样本。当然，他本人没有察觉到这一点。出事这天，他身体状况良好，天气状况良好。

意外之事的发生率非常高。只回首过去的一百年，明明没有发生战争，军用飞机也经常坠落。不过万幸，这些飞机都坠落在山间或农田一角，造成的损失不大，于是居民们将"万一掉到我家屋顶上可怎么办"这种苍蝇式阴暗疑问从名为日常生活的美味蛋糕上驱走了。然而，名为疑问的苍蝇虽被驱赶出门，却聚集到了路边的粪上，人们从旁走过时，会有数不清的苍蝇受惊，犹如乌云黑压压地飞上天。可怕的不是苍蝇，而是粪。此城的家犬和野狗早已灭绝，可是城市路边却突然出现了人颅骨大小的粪。

掉下来的飞机不仅有战斗机，客机也时有坠落。究其原因，机长因为超长时间工作，在驾驶飞机时打瞌睡，仍在空中游荡的突击队员的亡灵附到机长身上，瞄准地面清晰可见的大建筑急速俯冲。不怪机长，是航空公司不给机长充分的睡眠时间。但航空公司要在严峻的国际竞争中幸存并非易事，故而没有人谴责航司。无人通知突击队的亡灵第二次世界大战早已结束，才是最大的问题。

客机坠落不仅因为机长过劳，也有不少是飞行爱好者惹出的祸。某青年从互联网学习了如何操控飞机，以虚拟驾驶为乐。某日，他按捺不住操控真实飞机的欲望，劫持国内航班，实现了多年以来在空中翻筋斗云的梦想。所幸无人受伤，但机上乘客后来都被所在公司解雇了，再没能找到工作。乘客何罪之有？人们表示不解。也许这是日本的古老习俗——不仅加害者，横遭牵连的受害人也会被看作污秽不吉之物，被驱逐出社会共同体。

后来，沉迷虚拟驾驶的年轻人纷纷因劫持未遂罪被捕，不过消息并未见报，因为引出更多模仿犯就麻烦了。

正在新宿的高楼顶打太极拳的某自然环境保护团体的九名女性成员几乎被爆炸声震破鼓膜，看见遥远的裂缝处喷涌出无数白粉，犹如天降大雪，蒙白了远方无数人家的屋顶，于是慌忙跑回楼里的办公室冲了淋浴。

某次航班即将降落东京国际羽田机场，机内坐在窗侧座位上的乘客隔着舷窗，看到海面升起两个巨大的烈焰车轮，滚向日本内陆，一个沿着日本列岛南下，另一个北上。炎轮滚动着，将死亡之粉播散到日本海一侧和太平洋一侧。

正在东京井之头公园约会的高中生情侣吃着冰激凌，被爆炸声抽了耳光之后仰望天空，看到巨大的褐色之伞徐徐张开，几乎遮蔽了半个天空。

在高尾山登山的退休老人目击了橙色之龙和碧色之龙在云朵的床榻上嬉戏。

清里有个九十岁的画家，看到爆炸声摇撼了大山，震塌了山崖，几十棵松树被轰倒，朝天裸露出树根后骤然静止不动了。直到很久之后，画家才将这一幕画成了油画。

茨城县的一个儿童看到要去打理花生田的伯父一出家门就被白粉笼罩，接着就不见了。这位伯父因为呼吸不畅而猛烈咳嗽，咳嗽到停不下来。他无法昏倒，最后咳散了肋骨，剧痛之下，他将脸在土地上乱蹭，就那样化成了泥土。

然而，人们被可以目视的光景夺走几秒钟注意力之后，便感到了强烈的烧灼之痛。皮肤表面看不出明显变化，手和胳膊却感到了如被烧烤签子直插入骨、放在炭火上不停炙烤的剧痛。这是一种前所未见的神秘烫伤。后来，幸存的轻伤者在证言中提到，最初外表上看不出的烫伤，从内侧持续烧毁着细胞，伤处最后犹如浸泡在辣椒液中的鱼卵巢。幸好人们可以依据有三千年历史的汉方中药，用水蛇皮烧成灰做出烫伤灵药，抹过此药之人都免于一死。经过无数岁月，他们泛着紫红光泽的瘢痕皮肤才恢复原状，不再疼痛。

那一日，几千万人向前伸出双手，趔趄着走向最近的河川和湖泊。有人途中走掉了鞋子也毫无知觉，裸足被路上散落的碎窗玻璃扎得鲜血淋漓，仍然毫无知觉。人们仿佛斗牛，向前伸长着脖子，跌跌撞撞地俯冲向前，寻求水源。很多人途中跌倒，被柏油路吸住了似的，倒下与地面接吻，再不动弹了。路上看不到行驶的车辆，因为铁变得滚烫，连车门都没法儿碰一下。巴士和电车停了，驾驶席上残留着司机的焦影。

终于，走到目的地的人们穿着衣服"扑通扑通"地跳进河里，有的人腰腿无力，被水流冲走，溺死在浅滩上。

"幸存的办法不止一个"，这句台词刚好是那时

彼岸

的流行语，不过现实正相反，幸存的办法只有一个，那就是离开日本。日本列岛已无法居住，名为核电站的怪物头颅被劈开，怒火还将燃烧几千年，谁若接近，都难逃被焚的命运。

人们本能地走向最近的港口，停在那里的客船、渔船和货轮载着浑身火伤的人们驶向大陆。住在日本海一侧的人抵达得最快，住在太平洋一侧的人则在食物和饮用水匮乏的船中忍受了数日激浪颠簸，到达大陆时有些人已经意识蒙眬。船舱内和甲板上，无数年轻人睨视着手中小机器的显示屏，然而他们看见的，只是深不见底的黑暗。

从新潟港出发的"雪若丸"装载了远超定员的乘客，驶向中国的一个港口。船长是佐渡岛人，学生时代在香港留过学，能说流利的中文，所以相对快速地拿到了入港许可。就最终结果来说，没有哪艘日本船没有拿到中国的入港许可，只是有些船在办手续过程中发生了问题，很是费了些时间。很多船只向中国申请入港的同时，也向俄罗斯提出申请，俄罗斯方面尚无音信返回时，中国方面已办好了手续。实际上，最终俄罗斯方面也同意让所有日本船只入港，只是处理得慢了一些。这是因为总统在萨哈林岛（库页岛）钓鱼时遭到核辐射，住院治疗了一段时间。

船舱里坐得满满的。有人感到舱内太窒息，犹豫片刻后走上甲板，一旦腾出的地方不可能再次空出，可如果不出去呼吸一下外面的空气简直就要昏过去。无论站到甲板的哪个位置，都有冷风的薄刃迎头斩来。浪不算大，看上去却似黑色岩石熔化而成，有种令人心悸的重量感。

桅杆下，一群晒得黝黑的男人盘腿围坐在一起，热烈地讨论着什么。靠近船头处，几小时前还是辣妹、现在已是难民的三个女孩紧密依靠着坐在一起，她们神经质地搓手，不时紧张地抚摸头发，手上的指甲油斑驳半落。

甲板角落里坐着一个西装男子，望着大海，背朝众人。此人是前参议员濑出郁夫。"前"议员的称呼是否妥当，很不好说。濑出没有提出辞职，不过，国会无法再召开，国会所属的国家还能存在多久也是未知数。入夜后，濑出小声叫住一个船员，压低声音和船员做了交易。随后两人走进操作间，再次出来时，濑出的西装变成了灰色工作服，头上还戴了一顶深蓝毛线帽。

船开出港口后，濑出在舱内小卖部附近呆呆坐着。几小时后，船上响起广播通知，中国政府同意接收来自日本的所有难民，包括没有携带护照的人。听到这个消息，船上所有疲惫至极的脸都露出了安心的笑容，唯独濑出痛苦地喘着气，一脸苍白地跑上甲板。

这几年来，濑出频繁发言侮辱中国，为此遭到来自日本国内和国际等多方的严重谴责。濑出这么做，有个私人理由。具体说来，这几年他为男性身体症状所恼，偶然发现一个可以暂时忘记烦恼的办法，所以频繁使用，无论如何不愿放弃，政治什么的，他早就顾不上了。其实现在他才发现自己自始至终对政治就没有兴趣。年轻时他想当电影演员，大学毕业后参加了娱乐公司四次选拔，都失败了，心灰意冷去酒吧买醉时，被人相中，走上政治家之路。看米，从开始他就走错了。

某日，在某酒店的综合大厅，照旧有一个令他厌烦的记者会。一个面相稚嫩如大学生，头脑却锐利明晰的记者委婉地指出濑出的外交政策错误，纠问濑出最近发言的意图，转而用批评的口吻步步紧逼。记者拥有更丰富的情报量，比濑出思考得更透彻有深度，濑出被逼得无言可对，便如无路可走的老鼠，开始疯狂反咬猫。他脑子里忽然冒出一个侮辱中国的想法，就直接说出了口。记者没想到濑出的智识如此低下，不禁瞠目结舌，其他在场记者也纷纷逃离采访会场，仿佛濑出是一个当街持刀袭击路人的凶手。

濑出缩回休息室，一屁股坐到椅子上，烦乱地思考要为此次失言找什么借口。他习惯性低跷起二郎腿，忽然发现跷不起来了，下半身的状态很反常。他吸了一下满是脂肪的肚子，这时才猛然察觉到，令他长年苦恼的下半身问题居然解决了。濑出收回放在膝头的右手，小心翼翼地凑近身体某个部位，摸了一把。难以置信。濑出站起来，跑过走廊，进了那个有"男性"标识的地方。

濑出的此次发言不仅遭到反对党声讨，本党内部也痛批了他，民众对他毫不留情。他的电话铃声一直不断，邮件信箱快被挤爆，众人都以为濑出的政治生命会就此终结，没想到在接下来的选举中，他反而获得了前所未有之多的选票。

濑出一想起那次发言就腰部发颤，下半身火热。他从未想过阳痿能用这种方式解决。还有什么治疗法比这个更简单？不花钱，也无须担心暴露阳痿。是的，对我来说，亚洲是太广阔、太强壮、太美丽的母亲；是比我年长很多、嘲笑我无能的兄长；是对我过度期待的严厉父亲。是什么都无所谓。总而言之，只有摆出挥刀刺击的姿势，假装攻击压抑我的巨大之物，我才能勃起。濑出这么想着，多年之谜终于揭开，他很高兴。有时，公车接他去工作，他坐在车后座上情难自禁地咧着嘴笑，在后视镜中与一脸怪讶的司机对上眼神，不由得一口气倒不过来呛住了。

第二年，濑出发现年轻同僚在暗中剽窃他的发言。此同僚是个瘦骨嶙峋、毫无出彩之处的黄毛小子，原本无人瞩目，濑出最初也没注意。后来此男开始频繁登上电视台节目。在节目中，此男的鼻子和嘴唇之间流露出自卑，只有眼睛闪着野心的贼光，不堪入目，濑出不由得挪开了视线。"此男定然十分卑劣，为了引人关注而不择手段，"濑出想，"等到哪天他过气了，为了重获关注，他说不定会在冲动之下告诉众人，为什么走了我这条路线。到了这一步，人们就会把怀疑的视线集中到我身上，认为我是为摆噱头才对中国口出狂言。"有了这种想法后，濑出变得越来越神经质。一次演讲会结束，某观众鼓励他："你要有点儿男人气概，大胆说话，不要惧怕大国。"濑出听后，身上"男人气概"的部位冒了冷汗。

濑出闷闷不乐地想着纷乱心事，久立甲板也没觉出海风寒冷。抵达大陆之后，如果大国政府得知他就是政客濑出，会拿他怎么办？如果说出真实理由，对方会笑着宽恕吗？或者现在就跳海，倒能死得痛快些？

船桅灯光反射在黑沉沉的海浪漩涡上，船在摇，浪在颠簸，濑出拿不定主意。他慢慢转过身，看见几个年轻男女依偎在一起沉睡着。这些人可真幸福，穿着那么廉价的衣服，哪怕父亲被大公司的供货小厂解雇了，母亲打零工的时薪只有一千日元，姐姐只能做不安定的派遣职员，他们也不怀疑自己的存在价值，不触犯任何法律，以一张可爱的脸快乐地活到现在。日本打零工的小年轻和家里蹲们，今后会被中国人民

彼岸

温暖相待吧？新的生活条件肯定比日本的好，由此他们会忘记从前居住过的岛国日本吧？这些人的大脑还年轻柔软，说不定几年之后，他们将自认是多民族巨大国家中的"日本族"，从而开心地活下去吧？这样说不定也是好的，但为什么我只有死刑这一条路呢？这种不公平实不可恕，濑出想着。

他愤恨不平地瞪着深绿色的海面。他知道大海没有责任。人类将无须付出任何责任的主体称为"自然"。

不知不觉间，濑出睡着了。醒来时，他蜷曲着身子，躺在水淋淋的甲板上，双手缠绕在绳索里，仿佛想绑住自己。天光泛亮，他知道夜晚已经过去。他觉得肩膀冷，头疼。旁边传来男男女女兴奋的讨论声，讲的都是日语，濑出却听不懂。难道已经到了中国，现在听到的是中国话？濑出想站起来，腿上的肌肉仿佛在一夜之间退化，支撑不住沉重的身体，让他脚步趔趄。海面泛着蓝宝石之色，前方能看见小小的码头。濑出担心地想，这么大的船开得进那么小的码头吗？回头再看才知，自己乘的船非常小。他上船时明明感觉是艘巨轮，为什么现在变得这么小了。

岸边站着一列身穿藏蓝制服的男人，出乎濑出意料，那些人没有持枪。身穿制服的男人们耐心地将下船的日本难民逐一带进建筑物里，他们脸上虽然没有微笑，手和肩膀的动作中却流露出对难民的温暖态度。濑出身体颤抖，每走一步都很艰难。"如果不好好走路，会被怀疑心里有鬼吧？"他想。他越想好好走路，越走不了。好不容易进了建筑里，透过后方的玻璃窗，能看到远方林立着高层住宅楼，是铲平丘陵后建成的新住宅区吧？小丘斜面裸露着红褐色泥土，像一个带血的崭新伤口。"自己能住进那样的高层住宅吗？能开始平安无事的生活吗？若是无人调查过去，大家获得一个新名字，从此开始劳动生活该有多好，"濑出想。在此之前的人生里，濑出几乎没用过"工人"这个词，如今他对这个词有了憧憬。如果能以工人身份被中国接受，和别人拿同样的工资，成为千百万劳动者之一，该有多幸福。这么大的中国，接受来自小岛的几百万难民不算什么大事吧？说不定都算不上新闻，上不了电视，人们转眼就会忘记。如果政府认定难民的既往经历没有调查的价值，就谢天谢地了。

濑出胆战心惊地走向受理台，那里坐着一个二十岁左右的女办事员。她长发及肩，瞳仁水灵，睫毛浓密，未涂口红的嘴唇闪烁着熟草莓般的光泽。濑出坐到椅子上。有着樱红色指甲的细长手指递给他一张表格。每个难民都要填写姓名、出生年月日、出生地点、以前的职业、今后希望的职业等等。濑出假造了一个年长三岁的生日，从前职业是小卖店店主，地址是童年住过的地方，名字是上周读过的推理小说中犯人的姓名。填完后他马上后悔了，不该写犯人名字，写被冤枉的好人名字就好了。

濑出看到"是否希望移居朝鲜"一项时，手颤抖了。为了不让别人看出颤抖，他用左手抓住握着圆珠笔的右手，藏到桌子底下。与停留在中国相比，去朝鲜更安全吧？统一后的朝鲜一直在向世界各国表明放眼未来、既往不咎的态度。虽然濑出对朝鲜和韩国说过一次差劲的话，不过当时日本国内的政敌和民众立刻谴责了他，那已是过去的事情了，而且只有一次，没有再犯。为什么只有一次呢？因为他发现了，那是相对较小的国家，即使他说再多坏话，对阳痿也没有治疗效果。只有向大国叫嚣，他才能分泌男性荷尔蒙。所以他反复诽谤了中国。对朝鲜，他只记得一次。只有一次呀，既往不咎的国家一定会原谅我，还是去朝鲜吧。不过，他只是呆呆地想了想，没有体力立刻做出决断了。

女办事员见濑出呆呆地停笔不写，就在草稿纸上写下"问题"两个字，给濑出看。濑出面临生死决断，必须认真思考自己究竟去哪国，可此刻脑中想的却是愚蠢的事——"如果和这个年轻的中国女性结婚了，想说什么话，都得在纸上写汉字给对方看吗？倒也不赖。"看来，濑出的大脑一面临困难选择就会开小差。

"我完全说不来英语的发音，现在开始学准确的汉语发音已经不可能了。不过，像这位女性似的，用日本汉字组成关键词来交谈，我倒能学会。这种日本汉字组成的句子虽然不是汉语，类似"帰宅何時""夕食美味""我愛納豆"之类的，对方也许能看懂。无论如何，我们先这样进行夫妻对话，说不定以后能维持世界和平呢。可惜，新婚生活再幸福快乐，只要秘密警察某一天查出我过去的发言，就会秘密逮捕我，判我死刑。要是这样，就算住的是监狱，毕竟这里是中国啊，总还能吃到鱼翅羹和上海蟹的吧？总吃这个的话，监狱的开销太大了，不可能让我这种毫无价值的人长期吃白食，没几天就会枪毙我吧，我要是死了，我的新婚妻子得多悲戚啊。她还这么年轻，太可怜了。"

濑出猛地一下从白日梦中醒来，女性以为濑出没有问题，准备办下一个手续。濑出连忙扯过一张纸，写上：

朝鲜移住可能?

端正美丽、始终冷静的女性忽然发出风铃般的笑声。濑出不明白她为什么笑。女性拿过一张新纸，用力写下两个大字：

不可。

"她一定知道什么，她在耍我。"濑出想。他浑身战栗，以肚脐为中心，身体开始收缩变小。他感觉到额头渗出了汗珠。

濑出看着地面，抬不起头。

動物的巴别塔

「两脚兽的独裁结束了，
大家都松了一口气。」

二本脚の独裁が終わって
みんなほっとしているのに。

第一幕

（所有角色，男女演员均可扮演）

一场大洪水后。

狗： 我感觉身体旁边像开了一个洞。

猫： 身体旁边开洞？

狗： 你看，这里，一个人那么大的空洞。

猫： 看不见什么洞啊。

狗： 一般见解认为人类不存在比较好。确实，人类像地球的癌细胞，但我还是很想念人类。

猫： 两脚兽的独裁结束了，大家都松了一口气。你可好，你想美化过去？你的动物伦理丢哪儿了？

狗： 所谓伦理，是人类，也就是独裁者想出的概念。哺乳类的感情无法用伦理管理。

猫： 那你具体说说，谁不在了，你会很想念。这种想念是种什么样的心情？

狗： 胸口骨头疼。身体滞重。胃口麻木，什么也不想吃。

猫： 人类虽然消失了，幸运的是，他们留下了遗产。

狗： 遗产？

猫： 对啊。他们留下这么多为美食家准备的罐头。人类的时代结束，而罐头长存。罐头，为我们保证了一个永不腐烂的未来。

松鼠： 你们猫能打开罐头？猫光有一身傲气，实际生活需要依存于人类，自己什么也干不了吧？开罐器的用法，你懂吗？

猫： 我们没有依存。是人类央求我们猫，猫没办法，才扮演了宠物的角色。

松鼠： 你们长年扮演同一个角色，演不了其他了吧？

猫： 哺乳类的选择项太少了。要么给人当宠物，要么像老鼠似的活在阴沟里，再不然就是熊猫那样一边被爱，一边灭绝。

动物的巴别塔

狗： 我一直想工作，不想被同居智人豢养，不想吃白食。但人类从不把工作交给我们。管理、调查、决定、买卖、会计、教育、治疗，智人认为只有他们才能做。其实很多事情交给我来就好了，比如教育小孩子、治疗抑郁症。我唯一被委任的职责就是当一只被智人爱的宠物。

松鼠：宠物自己连一个罐头都打不开。

猫： 我以前瞧不起公园里的松鼠，现在很后悔。我们是平等的。我们来签订平等和平条约吧。你帮我开一个罐头，我就一天不去核桃树下睡午觉。一个罐头换一天停战，这样可以了吧？

松鼠：停战？哦，我们在打仗啊，我怎么不知道这回事？可是，你们的猫手握不住笔，在条约上签不了名字吧？

猫： 要不这样，我先预付定金。好了好了，帮我开罐头，求你了！

松鼠：钱？和落叶一样不具有意义吧。

猫： 我都求你了，你试着开一个罐头看看。我给你鼓掌。

松鼠：鼓掌？我有点儿动心了。（试着开罐头）打开了。不过，我的牙豁了。

猫：你是啮齿类，会马上长出新牙的。如果你疼，我给你拿点止痛药。

松鼠：我没有止痛这种概念，这是人类独有的想法。

猫：没准儿人类把疼痛也封进罐头里藏起来了。因为罐头种类太多了。番茄、橘子、菠萝、酸黄瓜、死了的牛、红豆、鲸鱼、银杏、蚕蛹。人类好像想把整个宇宙都封进罐头做永久保存。

松鼠：宇宙的罐头……干吗不把自己的大脑做成罐头呢？永远不会腐烂的大脑。

猫：听说人类大脑和猴子大脑的 99% 是一样的。

狗：（刚才一直在悲伤，现在忽然清醒了似的）猴子？最讨厌猴子了。

猫：不用这么暴躁。猴子早就灭绝了。

狐狸：猴子之所以灭绝，可能因为他们的肉太难吃了。从这一点来说，松鼠柔软又美味。比松鼠更好吃的是兔子。

兔子：大家好，我的名字叫兔子。我无所不知，大家

动物的巴别塔

有不明白的尽管问我。什么？你问我有传染病吗？有啊。谁要是吃我，就会被传染。

猫：　这样的话，兔肉肋排指望不上了，就吃松鼠烤串好了。

狐狸：兔子的乳酪焗饭和松鼠意面也好吃。

兔子：我听说你们变成素食主义者了，是我听错了？

狐狸：吃纸算吃素吗？我家那儿正好盖了一个航空港，我家世世代代的老窝被摧毁了，我懒得搬到远处，可是不知道吃什么好，就一直吃乘客的登机牌来着。

狗：　你们这一群，从刚才就吃不离口。我怀念人类，不是因为他们给我准备了食物，也不是因为他们给我洗澡、梳毛、收拾我的大便。也就是说，我爱的不是他们的工具人属性。

猫：　狗就是一种变态。狗们无论去散步，还是去餐厅，都带着人一起去。

狗：　当人抚摸你的时候，你难道从未有过舒适感吗？

猫：　有倒是有。但我可不会抚摸回去。

松鼠：居然允许人类抚摸你，这已经很变态了。

兔子：不过，有时候被人类抚摸，是会很陶醉的。人类有种神秘的能力叫作厄洛斯——爱。人类抚摸包菜，包菜苗壮成长。人类亲吻花蕾，玫瑰会提前一天开放。

松鼠：这是基因操作？

兔子：不是，是自然与人类之间的恋爱关系。人类最大的优点，是把我们兔子当作春之神来崇拜。

松鼠：这是因为？

兔子：因为我们能生很多孩子。

熊：　孩子多，不见得就是好。

兔子：喂，你家孩子几岁算长大啊？

熊：　越两次冬就长大了。

兔子：这么长时间，一直当小孩？

狗：　和人类比一点儿也不长。我那个邻居，给儿子喂了四十年食儿。人类文明是变态文明，所以是先进的。我们犬类受到人类影响，也文明化了。

熊：　你们文明化了？证据呢？

狗：　我们把散发少年气味的鞋子偷偷藏到菩提树下的草丛里，不时取出来，闻里面的味道，感

动物的巴别塔

受幻觉快感。这就是证据。

熊：　确实很文明。

猫：　其实我也在不知不觉中感染了人类的变态，变得稍微文明了。我认为塑料玩具老鼠比活老鼠好玩儿，最好玩的是游戏里的老鼠。不过游戏本身就是一种捕鼠器式的陷阱，你会陷进计算机的圈套，大脑和肌肉全面退化。现在没有假老鼠了，太好了。

狗：　话说回来，你很喜欢在人类聚集的客厅沙发上睡觉，对吧？

猫：　喜欢。偷听人类聊天，我能从中学到教养嘛。人类对自己没去过的地方也很熟悉。有天他们说起过去德国的一家养鸡场，几百只鸡关在一个狭窄的地方，特殊强光连续照射二十四小时，鸡没法儿睡觉，每天绝对能下一个蛋，就跟机器一样。因为被集体关着，很容易传染疾病，所以会在鸡每天喝的水里添加大量抗生素。每天人类检察员戴着超厚的手套巡回检查，如果发现生病的鸡，就一把抓出来，塞进笼子里。笼子被塞得太满，有的鸡脖子会折断。笼子最后被装上卡车，送进食品加工厂。

松鼠： 那个食品加工厂制造猫食罐头吗？（想象工厂的样子，欲呕）

兔子： 你不要紧吧？（说完恶心劲儿猛然上来，吐了）

狐狸： 我们狐狸可没做过这么残酷的事。我们自有狐狸的伦理。

兔子： 人类的做法虽然残酷，但很有效率啊。人类怎么就灭绝了呢？不可思议。

熊： 我想啊，人类一定没有想过，他们灭绝得比我们熊还快。

狗： 不见得完全灭绝了。我想，人类一定在某个小岛上幸存下来了。至少，有良心的好人活下来了。

狐狸： 有良心的猎人？我不理解这种说法。（端起枪瞄准台下几个观众，扣扳机）对失去幼崽的狐狸父母来说，猎人没有良心和正义。

狗： 可是，用枪击退有害动物的人并不坏啊。在我看来，熊和狐狸什么的，用枪打一打，也是可以的。

动物的巴别塔

熊和狐狸愤怒地向狗扑过去。

松鼠举起一只手，喧嚣立刻安静下来。

兔子：（想去握住松鼠的手）你真是小而伟大。

松鼠： 因为松鼠是百兽之王。

狐狸： 为什么人类没来得及登上挪亚方舟呢？

狗： 那是因为人类不光想着自己，还想要拯救其他生物。

狐狸： 他们只想搭救自家亲人吧？

狗： 也许人类认为，大洪水泛滥是他们的罪过，所以自杀了。

熊： 这倒是有可能的。人类给河川穿上束腰，勒得那么细，又给河川涂上水泥妆，拉直河川的鼻子，改变了流向。所以有一天，河川的怒火满溢出来，变成了洪水。

狗： 但是，并不是所有人类都赞同切断自然的手脚，对吧？很多人从最开始就反对，有些人事后也后悔了。

狐狸： 人类还会后悔？他们飙车去参加结婚典礼，有可能在路上轧死一只狐狸，却绝不可能后悔。他们就算后悔结婚，也不后悔轧死狐狸。

松鼠： 人类对自己的所作所为不懂得后悔，所以被淹死了，是吗？

熊： 智人脑袋的位置很奇怪，从解剖学的角度看，很容易被淹死。原因只有这一个吧？一言以蔽之，就是设计缺陷。这究竟是谁的责任？

松鼠： 说实话，我也有同感。纯粹的设计缺陷。首先人类没有舵，所以在细树枝上很难平衡。（摇晃蓬松的大尾巴炫耀着，狐狸和猫也跟着炫耀。熊和兔子惭愧自己尾巴太小）

狗： 你们啊，都不知道人类有多伟大。人类的尾巴在大脑里。

狐狸： 这有点儿变态吧？

熊： 不是设计缺陷，也许是疾病。也许因为照射了致命光线，他们的体毛都掉光了。

狐狸： 人类的嘴巴，是他们脸上很平面的一个开口，想咬谁都咬不住。

松鼠： 人类的眼睛不在脸的侧面，视野狭窄。

兔子： 人类耳朵的位置太低，外耳部分退化，几乎听

动物的巴别塔

不到远处的声音。

狐狸：人类奔跑速度太慢，没有跳跃能力，所以他们才设立了"奥运会只允许智人参加"的歧视性规则。如果袋鼠参加了三级跳远比赛，人类根本就拿不到金牌了。

猫：人类明明和鸟一样，到了晚上什么也看不清，但是不睡觉，平白浪费电，清醒得毫无意义。

狗：人类的鼻子好像只是为了流鼻涕而存在的，嗅觉能力低劣。就算闻味儿，也分不清哪张椅子是自己孩子坐过的，哪张是别人家孩子坐过的。他们不闻味儿，所以鼻子就退化了。人类好像不知道，他们在教室和办公室里因恐惧而流出的汗水气味有多强烈。好了，说人类的坏话太简单了，打住吧。赞美人类就非常难。所以我们文明化了的犬族，终生以拼命找出并宣扬人类优点为己任。啊，人类太棒了。

猫：既然这么棒，那为什么灭绝了呢？

兔子：因为挪亚方舟的船长没让人类上船。

猫：为什么？

兔子：因为人类蔑视了船长。

熊：　船长是个美女，下半身是鱼。她丈夫也是女的，背上长着翅膀。

狐狸：我很尊敬船长。

兔子：我也尊敬。人类以为只要交钱，就谁都能上船。

熊：　船票这种东西根本就不存在。我从小到现在，从没拥有过钱。

狐狸：不是我炫耀，我其实也不太想说，其实啊，我过去是地地道道的大富豪，甚至还围过狐皮围脖。后来得了一种病，把存款全花完了。一种只要见到和狐狸一样金黄的东西就想买下来的神秘病。我自己也不知道为什么，就是想买想买想买想买，晚上都睡不好。不管多贵，买了就很兴奋。

熊：　兴奋，你这话说得太像人类了，这么下去你会抑郁的。

狐狸：对。上星期二我刚得了抑郁症。星期三治疗药已经送到家里了。我根本没有买药。药上写着"若不需要，敬请退货"，哪怕只吃了一粒，也要按照发票上的价格付款。这是人类设计出的一种合法诈骗。

熊： 你们真的认为人类是因为道德沦丧才淹死的吗？做出判决这件事本身，也太像人类行为了吧？

狐狸：人类爱说谎，特别自恋，还很狡诈，也许这些都是刻板观念。就算是真的，如果当作是性格上的扭曲，也不是不能接受。但是人类用火玩危险游戏。作为司火的狐神，我无法宽恕人类。

熊： 他们喜欢战争。

兔子：更准确地说，他们喜欢贩卖武器。

熊： 确实。有人靠贩卖军火发了财。有人喜欢战争，自己却不上战场。有人厌恶战争，却死在了战场上。

狐狸：你们认为人类消失是件好事吗？

兔子：说实话，一半一半。你的意见呢？

狐狸：无所谓。非让我投票的话，我赞成地球上没有人类。

熊： 赞成。

松鼠：我无所谓。

猫：　还是有人类存在比较好。

狗：　人类消失了，世界还有什么意义！如果没有人
　　　类存在，狗这个单词也无法存在。（长久沉默）
　　　不过，我是狗这件事，对我真的那么重要吗？
　　　也不好说。

第二幕

　　某个很难定义的地方，既像美术馆和咖啡店，又
像健身房；动物像人一样穿着衣服。衣服很优雅，充
满魅力，没有明显性别区分。他们在第一幕时交谈的
记忆已经消失。

熊：　（大声读着手里的宣传单）政府决定，将在首
　　　都的东北方向建设一座彰显我国荣光的雄伟
　　　要塞。高度将比世界第一高塔还要高出一厘
　　　米，外墙可以防御核辐射。若从正上方俯瞰，
　　　将会发现这是一座潮水漩涡形的建筑，正中
　　　央是一座高塔，将统筹管理互联网、移动通信、

电视、广播等产生的所有电波。此要塞不仅可以保卫我国免受任何形式的袭击，也可防御传染性的意识形态。厚达五米的外墙内侧将建造住居，参加要塞建设的出力者今后将有权住在这里。

狐狸：你好。我今天来这里，是想参加巴别塔的建设。这里是工程办公室吧？在我看来这里像健身房哦，说实话我很不喜欢健身房。

松鼠：您讨厌健身房？

狐狸：所谓健身房，不过是贩卖肌肉的百货公司、卖汗香的香水店、卡路里的焚烧炉罢了。

松鼠：只要过普通的生活，肌肉就不会衰退，对吧？

狐狸：但是过普通生活实非易事，普通入睡也很难。我就在为失眠而烦恼，怎么也睡不着。一到半夜，就像狐狸似的在小街暗巷里偷偷摸摸地晃荡。

松鼠：老实说，我也不普通。最近只能吃牛角包和草莓蛋糕之类的松软东西了。我的门牙原本是为了咬坚硬食物而生的，现在越来越长，每周一得去看医院，让牙医帮我磨牙。可刚到周末，门牙就又长到合不上嘴了。

狐狸： 深夜，我在宝石店和印刷作坊集中的街区转悠的时候，警察拦住我，询问我在做什么。我听不懂警察的问题，回答成了"在为革命做准备"，因为我觉得如果回答"因为睡不着"，未免太平淡，警察可能不会满足。自那以后，我一直战战兢兢，不知他们什么时候判我有罪。我没读过法律书，不太清楚哪种情况会导致捉捕。我的知识全部是从侦探电视剧里看来的。哦，估计绝大多数人和我一样。你很了解法律吗？

松鼠： 了解得还算详细。不过，谁什么时候被捕这种事，即便学了刑法也摸不清。

兔子：（逐一试用健身器械）这种器械，用来锻炼大笑时要用到的腹部肌肉。这种，可以锻炼小腿肚，方便买站票看歌剧时腿肚不抽筋。这个地方确实更像健身房，不像工程筹备处，姑且当作有益健康吧。

狐狸： 我是来这里工作的。做有害健康的事才能赚到钱。

松鼠： 钱？邀请函上写着能拿到钱？我记得上面写着，这里不发工资，但是建设好要塞后，我们可以住进要塞公寓。

兔子： 住要塞？这么危险的地方，我可不想住。

松鼠： 要塞可比普通建筑牢固多了。炸药都炸不开的。

兔子： 不过一般来说，要塞建在最容易遭受敌人攻击的地方，对吧？真要是打起仗来，不用炸药，是用核武器的。万一这里遭到攻击，我们会变成烧焦的肉块。不对，肉块至少还有形状，说不定只剩影子了。

松鼠： 正因为建在危险地带，所以安全性是被充分考虑过的。就是那句话，危险的地方格外安全。专家说的，肯定没错。

兔子： 就算真的安全，我也不想住在要塞里。我的肚子这么说的。

松鼠： 老实交代，我小小的肚子也说了同样的话。和专家不一样，我的肚子从未背叛过我。

狗： 不过，现在不是我们想不想住的问题，据说住在那里是我们的义务。

兔子：岂有此理。

松鼠：我有一份详细介绍，不知弄哪儿去了。（在其他动物说话时，独自搜寻）

狗：　必须有谁住进要塞。谁说不想住，谁就是自私。

兔子：防卫大臣这么说的？

狐狸：不是，防卫大臣在读书节之后就提交辞呈了。听小道消息说，他写了本恐怖小说，超级畅销，就改行当作家了。从今往后，他准备拿他的空想虚构来赚钱了。

兔子：当作家比当防卫大臣好。

狐狸：本周政府将卸掉招牌，关门歇业。文化大臣得了失语症，财务大臣为躲避高利贷已经逃亡，环境大臣得了鼻炎在做化疗，只有建筑大臣没事儿。

狗：　我小时候不知道长大后想做什么。我弟弟想当导盲犬，进了相关学校；我哥哥想当电影演员，也去上了学；只有我不知道自己想做什么。正迷惘的时候，在酒吧厕所门上看见招募警犬的海报，我的心一下子燃了起来，那天晚上高兴得没睡着。早晨起来后我想，我愿意

动物的巴别塔

为了拯救同伴而献出自己的生命。

兔子：谁是你的同伴？

狗：　和我信仰同一个宗教的。

兔子：那你信什么教？

狗：　哦，哦……我想不起来了。

兔子：想不起来了？那你还想献出生命吗？

狗：　哦，我只这么想了一天。第二天我看了一部特别吓人的纪录片。无家可归的狗被一张巨网捕住，被塞进笼子卡车，运到工厂废墟，一只接一只地死在了枪口下。我对电影院卖爆米花的说，看完电影我很生气。对方却说，野狗是国民公害，应该被消除。听到这句话后，我彻底打消了为国捐躯的心思，取而代之，我决定要上大学攻读法律。

兔子：那你上了法律系？

狗：　上了。可是，博士论文这种东西也有青春期和反抗期。教授看了我的论文后，说我研究的不是法学而是语言学。我没改论文，直接改了专业。

松鼠：找到了！终于找到详细介绍了！所有事情在上

面都有解释。工资？当然没有。来要塞工作一天，反而要支付一天的参与费。工作十次，可以免交一次，等于我们赚了一次，所以我们得打卡攒积分。

猫：　没有巴别卡的话，就攒不了积分。出发前要在网上买这个卡。每天早晨开始工作之前，在"早晨好打卡机"上过一下，这样才能攒积分。

狗：　这么说，你已经有巴别卡了？做事速度真快。

猫：　名牌大学毕业的家伙干实事的时候，反而慢吞吞的。

狗：　我的大学确实非常非常有名，但都是因为在某项运动上非常厉害才有名的，仅此而已。

猫：　说话干脆点儿，什么叫"某项运动"，直说吧。

狗：　同时使用两个球，有点像足球的运动。

猫：　同时使用两个球？听上去挺色情的。

熊：　你不简单，这么年轻，说话够老道，看来有才华。你想不想当理发师？

猫：　说是年轻，可谁知道究竟呢，不知道寿限就没法计算，对吧？如果一共只能活三年，那两

动物的巴别塔

岁都算老了。

狗：　你不上大学吗？

猫：　所有事在网上都有答案，没必要上大学。

狗：　但比如说，你每积一分，寿命就要缩短一日，
　　　这种事情网上有吗？

猫：　啊，什么意思？

狗：　有种积分叫作服务分，对吧？所谓服务，就是
　　　免费劳动，就是当奴隶。你会变成抱有"攒
　　　不到积分就觉得自己很亏"那种心情的奴隶，
　　　攒不到积分的事，你会一概不做，由此失去
　　　自由。你失去自由，寿命就会缩短。

猫：　你的意思是，如果我不攒积分，反而更不亏？

狗：　就是这个道理。这是面向消费者的初级话术。
　　　所有积分都不要攒，你能从网上学到这么重
　　　要的生活智慧吗？

猫：　学不到。我看到的都是完全相反的东西。这张
　　　卡，我不要了。

松鼠：啊，不行不行，不能扔进废纸篓。你的过去会
　　　被全部盗走的。

猫：　我的过去？

松鼠：比如你刚出生时是一只暹罗猫什么的。

猫：　暹罗猫？我怎么想不起来。我记得自己是纯
　　　种的，叫什么品种来着。尼安德特猫？不对，
　　　好像是高加索猫。

松鼠：你最早的记忆是什么？

猫：　我记得我恋爱了，离家出走了，忘我地流浪了。
　　　三天后肚子饿了，回到家，家里住着陌生猫。

松鼠：看来你的过去并没有被夺走，都好好地保留在
　　　猫的小脑门儿的最里面。我的过去彻底失窃
　　　过一次。现在想起来，是我不好，把过期的
　　　汇冤卡[1]和厨余垃圾一起扔进了垃圾桶。结果
　　　有一天，我去报社上班，我的座位上坐着一
　　　个冒牌货。冒牌货用我的文体，写我的文章，
　　　用我的声音和同事说话，输入我的密码，打
　　　开我的邮箱，网购治疗我的药物，回我家里，
　　　去制造我的子孙了。

熊：　没准儿，我们就是因为个人信息被盗，才被选
　　　到这里来的。应征者太少了，不正常。

1　根据原文读音进行的特殊处理。

动物的巴别塔

狗： 就算是这样，我们之间的共同点微乎其微，选择标准是什么呢？

熊： 我们耳朵的形状不同，身体大小不同，唯独可以确定的是，我们都不是人类，过去不想变成人类，今后也没这个打算，这就是我们的共同点吧。

狗： 话虽这么说，我们看上去姿态都很像人啊。我们最初的出发点是，创建与人类不同的社会，不知什么时候，我们好像重蹈了人类的覆辙。

熊： 我今天打扮得很漂亮，似乎是在模仿人类，可是我的灵魂深度完全没有到达人类灵魂那种地狱深度哦。

狐狸： 灵魂？我把灵魂放到拍卖网上，卖了个好价钱，对此我深感自豪。难道你是人类吗？

狗： 当然不是。但是我想，人类这个定义可以从更广义的角度去考量。这样一来，把松鼠看作人类，也是成立的。

松鼠： 为什么啊！因为我能用两只脚站直，还是因为我吃核桃，用核桃形状的大脑思考过树木的存在意义？

熊：　我从来没想过要当人。到底有谁想当人？也许人类里有人想当人，可现在人类已经不存在了呀。

兔子：我从音乐的角度赞成你的意见。

熊：　你什么意思？

兔子：想给你的意见谱曲，增添说服力。

熊：　那你唱唱看？

兔子：（唱歌）巴别，巴巴别，巴巴巴别，巴巴巴巴别，巴巴巴巴巴别……（无限增加巴）

熊：　这歌和我想说的是两码事，而且你唱歌跑调。

兔子：个人自由诚可贵，艺术自由价更高。

熊：　不是有句老话吗？狐狸根本不在意兔子的自由。这不是我的意见，是谚语。

狐狸：我想买这句谚语，多少钱？

熊：　金钱买不到谚语。我想说的是，如果我们的共通点是非人类，那么就需要找出非人类的优点在哪儿，不然怎么一起建造巴别塔呢？

兔子：这样好不好，大家轮流自我介绍一下吧。

猫：　（对松鼠说）你的头毛焦了，多半是消防员吧？是专门给非法建筑灭火的特殊部队里的吧？

松鼠： 不是。我们的职业准则是，用热烈的心情追逐冷冽的气流。

猫： 这是什么职业？沙漠上的船长？

熊： （对猫说）我的职业很好懂。我是理发的。正为没有后继者心烦呢，你想继承我的店吗？

猫： 理发的啊，虽然这个职业很重要，但我不想继承。一切弄湿手的活儿，我都不想干。我想站在舞台上，享受众人的掌声。

兔子： 我在交响乐团里吹短笛，爵士乐队里弹贝斯，摇滚乐队里敲鼓，自己家里负责洗碗。

熊： 这些不过是你的兴趣而已。

兔子： 兴趣哪里不好了？

熊： 兴趣爱好是人类才会患上的一种疾病。我们不需要那种东西。

猫： （对兔子说）你为什么喜欢上了音乐？

兔子： 因为我想把父母的遗产全部花光。我让父母买了很多高价乐器，刚开始学的时候就高价请了有名的老师，经常租借音乐厅，免费发放门票，总之想把父母的财产全部花光。

猫： 搞这么复杂的阴谋做什么，直接和平庸单纯的富人一样，买大房子、游艇和飞机不就好了嘛。

兔子：我父母不在娱乐上花钱，只把钱用在教育和文化上，剩下的钱打算留给儿孙。

熊：　我以为遗产只是人类的疾病，没想到兔子也会得。

兔子：确实是一种病。一个非常美妙的复活节后，星期一，我被传染了。

狗：　让我说的话，我们应该从上一辈那里继承的东西，只有语言，所以我成了语言学老师。专门教授几种从金钱角度看毫无意义的语言，我当然不收学费，可是最近被解雇了。

松鼠：因为最近新通过的一项法律？新法规定，禁止嘲笑不会说外语的。好像是某国某个无聊政客想出来的，现在传遍世界了。

熊：　说实话，我现在没有工作了。我本来开理发馆，不存在被解雇。只是有一天，来了两个警官，说我这儿有烧尸体的气味，问我是不是真的烧了。为了保护顾客的基因情报不被盗走，我每天都把剪下来的客人毛发放进客厅壁炉

动物的巴别塔

里烧掉，我遵守的是理发师的伦理。

松鼠：为什么警察突然对那种气味起疑心了呢？

熊：　据说最近很多尸体消失不见了，他们在寻找
　　　非法处理遗体的地方，要等到搜查全部结束，
　　　我才能重新开业。

松鼠：活人失踪我能理解，尸体怎么能消失呢？是某
　　　种侮辱遗体的非法行为吗？

狗：　说不定是尸体自个儿走出坟墓，在街上乱走呢。

狐狸：晚上我总在外面转悠，不过没碰到过死人尸体
　　　散步。在大城市，到了晚上，头发味儿会变浓。
　　　不是烧焦的味儿哦，是还活着的，正为活着
　　　而苦闷者的头发。他们的头发上沾染了颤抖
　　　时出的冷汗、顾影自怜的洗发水、孤独的香
　　　烟烟雾、甘美欺瞒的奶粉和汽油味。闻到这
　　　种气味，我就睡不着了。

松鼠：你的职业是失眠吗？

狐狸：是的。过去我在工厂上班，制造毛皮领子的工
　　　厂。工作很轻松，就是上司总是随便下毫无
　　　意义的命令，我在这台机器上还没干完，他
　　　就命令我转移到另一台，明明还有很多活儿，

却命令我立刻回家什么的，弄得我很快就神经衰弱了。

猫： 我也是。如果不是因为上司，我不会辞职。上司命令部下，就像挪动棋子。他自以为在替部下着想，如果部下不吃他那套，他就会马上翻脸。

狐狸： 我现在虽然失眠，可比上班时健康多了。意识到这一点后，我就把精力都集中到失眠上了。

猫： 我的上司酗酒，有慢跑依存症，还有会议依存症。如果不开会，就内心不安，认为部下在说他的坏话。一星期他要开几个会，光他自己滔滔不绝，部下都不听。

熊： "上司"是现代的病毒。相比之下，还是"师父"是优良传统。（对猫说）你应该学门手艺，独立生活。

松鼠： 忘了是什么时候了，我去一个核桃工匠的作坊采访。那个工匠说，他花了十年时间修行手艺，忘了时间，忘了金钱，也忘了自我。他用一把雕刻刀在核桃里雕出一座宫殿。水晶灯和大键琴上面的装饰，餐桌菜碟上的花纹，都

动物的巴别塔

细微得用显微镜才能看清。工匠从不表扬弟子，弟子也毫不在意，工匠和弟子都像被核桃壳夺走了灵魂似的，以忘我的姿态工作。

熊：　　也许理想的工作就是费工夫、赚得少，这就是我非人类式的未来愿景。

狐狸：我懂你。不过，我一想到自己贫穷，是因为辛苦工作的成果被人盗走了，我就睡不着觉。

熊：　　不睡觉就无法工作。

狐狸：吃了这种药就能睡着，不过第二天早晨，脑子里混沌成了沼泽，根本起不来。

松鼠：啊，我认识这种药盒。过去我在农药公司上班，那会儿公司在研发精神安定剂和安眠药。实际上这家公司卖的几乎全是农药。如果他们的开发理念"杀死顾客脑袋里的害虫，让顾客安眠"是真的，倒也好说，可惜实际上并非如此，他们卖的是用虚假名字包装的滞销药。这有悖我的职业伦理，所以我辞掉工作当了自由记者。"自由"，这两个字我要着重强调一下。不能自由写稿的时候我就不写了。

兔子：你喜欢洋葱吗？

松鼠：什么？

兔子：不吃洋葱的人，碰见吃洋葱的人，就会捂鼻子。这不成了宗教了嘛。

松鼠：我不吃洋葱。

狐狸：我根本不理解为什么要吃洋葱。更不要说炒洋葱了。呕。不过，我不知道洋葱是宗教。

狗：如果世界上不再有炒到焦黄的洋葱散发的香气，该多么寂寞啊。所以人类总是在剥洋葱皮。

猫：我越来越头疼了。（自言自语）越来越不明白，大家究竟想说什么啊。

松鼠：头疼的时候，绝对不能吃头疼药。

狗：（自言自语）我的脑海里几度浮现一段文字——洋葱要耐心炒到半透明。大家都在说什么啊，我无法集中注意力了。不过，我只要抓住洋葱这一根绳索，说不定就能跟上众人的话题。

松鼠：你说什么？我没听清。

狗：哦哦，洋葱应该炒到半透明！工程项目也一样。全透明的东西没有魅力，太浑浊的东西里可能有贪污和非法行为。对，对，半透明才好。

猫：（自言自语）半透明是什么意思？小学老师告

动物的巴别塔

诉我，碰到不懂的词要去查字典。字典里的文字是按什么顺序排列的来着？

兔子：洋葱可治百病。失眠症也能治好。（自言自语）不对，刚才我想说的是巴别，错说成了洋葱。明明两个词一点儿也不像。我说错了之后，大家就在一直说洋葱。算了，反正已经回不去了。

松鼠：洋葱吃得太多，大脑也会变得像洋葱，有好几层皮，每层和每层之间几乎没有联系，上面一层被剥掉后，下面一层感觉不到接下来就轮到它了。我还是想和松鼠一样吃核桃，让大脑一直像核桃才好。

兔子：请大家多考虑一下病人。无论多么可疑的说教，能治好心病就都是灵药啊。

熊：　所以大家就要吃洋葱？大家不再想办法解决问题了，满脑子只有洋葱了，是吗？（对狐狸说）照我说，冬眠治百病，也能治好失眠。

狐狸：（自言自语）大家为了我的失眠症纷纷出主意。莫非，他们想把我的狐狸精神变成他们的殖民地？

狗：　（对狐狸说）告诉你一个好主意。每星期去
　　　看戏，看两次以上，失眠就能治好。你要是
　　　不去看戏，演员会在你的睡眠里说台词，吵
　　　得你睡不着。

猫：　（自言自语）这就是说，所谓洋葱，是一座剧
　　　场。我终于跟上大家的意思了。

狐狸：（自言自语）为什么大家都在谈健康？可是我
　　　预感，我们马上就要死了。

第三幕

　　动物身上的人类衣服因为穿的时间太长，有些破
烂了，不过感觉并不坏，各处破洞里露出皮毛，大家
的状态在人与动物之间。

狐狸：巴别塔的建设，什么时候才开始啊？
熊：　朝思暮想。
狐狸：念念难忘，夜不成寐。
熊：　等待，才是一个文明的金字塔尖。

松鼠： 等得太久了，我耳朵后面痒痒，胳肢窝痒，屁股和肚脐眼儿也痒。

熊： 相信等待这种行为自有意义，这种想法是愚蠢的。不要等上面的指示，我们建造自己的巴别塔吧，这是我没说出口的心愿，现在这心愿已经从屁眼里爬出来，又沿着我的肚子慢慢往上爬了。

松鼠： 好提议！

狐狸： 但从哪儿开始呢？

松鼠： 先收集建筑材料吧。

狐狸： 收集？材料不是购买，是收集？

松鼠： 在这个既没有货币也没有商店的地球上，"购买"这种行为是不可能实现的。我已经听见地上枯枝落叶的呼唤，他们在说，"求求了，用我们建造一个家吧"。

熊： 这是你对树木的移情而已。只用捡来的材料建造的小屋有种松鼠式的贫弱。相比之下，利用山洞建造出的宫殿就有种熊式豪华。

狐狸： 用墓碑怎么样？我在梦中迷惘徜徉过的小城，每座人家都由墓碑建成。各处人家近旁，盛开着蔷薇和菊花，绚烂到耀眼。人类留下的唯一安全的东西，就是墓碑。

狗： 我梦见过一本石头做成的巨大字典。它既是一本字典，也是一座城市，里面铭刻着无数语言。在石页之间，可以永无止境地走下去，看不到字典的终结在哪里。

兔子： 这是什么语的字典？

狗： 从过去到现在一切语言的字典。我想住在石头字典的城市里。

猫： 我反对用石头建造房屋。你们考虑过取暖费吗？

熊： 如果是天然洞穴，冬天很暖和，不需要暖气。

狗： 混凝土房子保温效果好，可以节省冷气。

熊： 山洞里夏天阴凉，不需要冷气。

松鼠： 混凝土房子如果在下一次大洪水时倒塌了，瓦砾怎么处理？

猫： 建什么房子呀，大家都在树底下睡觉吧。我在电视上看过，一棵大树底下，三只母狮子在舒舒坦坦地睡大觉。如果树底下不是我家，何处是我家？你们记得有一种很奇怪的电视节目吧，屏幕里出现的都是动物，人类推测动物在想什么，然后假装成动物说话。我特别喜欢这种节目。多亏这个节目，让我懂得了人类的想法。

熊： 巴别塔的构思，说不定只是在模仿一棵树而已。我想找出这棵树来看看。

松鼠：大树的高枝上很安全。

兔子：你从高枝上掉下来，摔断脖子，把这个过程拍成录像，寄给保险公司让他们当广告宣传好了。还是在地上挖洞，睡在洞里最安全。冬暖夏凉的地下室才是真正的巴别塔，冲着地球的中心做倒立，关键不在于高度，而在于深度。

松鼠：啊啊啊，烦死了！听你们这么说，我觉得我们住不到一起，性格不合！

熊： 可是，大洪水之后，我们不能散住。我们只有一个选择，那就是合力建造一间房屋。

狗： 这样一来，我们需要一个领导吧？

兔子：我不喜欢有谁站在我头上，对我指手画脚。

狗： 你们兔子社会不存在最高权力者，松鼠也一样。

弱者群体不需要最高权力者，这个结论也许只是我的胡思乱想？

熊：　不仅弱小动物，我们熊这种刚猛动物也没有首领。

狗：　我的祖先狼群里有首领。猿猴里有，人类也有。

松鼠：所以他们都死绝了。我们不要选首领，选一个翻译怎么样？一个把自身利益放到一边，收集大家的想法，把不协调的想法谱成曲子，加上注释，搜寻关联，给大家共同的心愿冠上名字的翻译。

狗：　不是总统，不是代表，不是指挥，不是现场督导……

兔子：就是翻译！

全体：赞成！

狗：　我们挑选最会演说的来做翻译吧。

全体：（各自发言）这样不好！

熊：　选年龄最大、经验最丰富的来当翻译吧。

全体：（七嘴八舌）换个标准吧。

猫：　选最有名、最被宠爱的来当翻译吧。

全体：（你一嘴我一嘴）不同意！

动物的巴别塔

狐狸： 选最聪明、独自也能造出核弹头的优秀科学家
来当翻译吧。

全体：（沉默两秒钟后，异口同声）反对！

松鼠： 那我们抽签吧。

全体： 好的！

全体用一种意料不到的办法抽了签，松鼠当选了。

松鼠： 做梦也想不到我能当选。

狐狸： 你来指挥的话，这工程不可能成功，我回家了。

猫： 难道你忘了，你已经没有家了。

狐狸： 啊，你说什么？

松鼠： 你刚才说了，你过去的家，现在成了飞机场。

狐狸： 啊，我确实说过。谢谢你把我的话归还给我。

松鼠： 从今以后，你要是忘了从前的思考，就来咨询
我这个他人吧。

狐狸： 他人？啊，对，你确实不是我的家人。

松鼠： 家人这个词被滚烫的水洗得太久，已经缩
水了。

狗： 刚才我就在等首领下命令，什么也没等来。是

首领能力有限吧。

松鼠：不是首领，是翻译。

熊：　翻译不用着急，时间和语言一样，要多少有
　　　多少。

松鼠：现在开始寻找材料，但是人类建筑物的残余不
　　　能使用。因为里面有危险物质。

狗：　（剧烈咳嗽）

熊：　你这吠声，是在向我挑衅？

松鼠：不是的。狗从前在工地现场吸入过石棉，现在
　　　想起来才咳嗽的。所谓咳嗽，是一种呼吸方式，
　　　并不是挑衅。

狗：　谢谢你的解释。

兔子：因为太危险，所以不能循环再利用？

松鼠：不完全是这样。人类的建筑物里也有不危
　　　险的。

猫：　循环再利用是什么意思？

松鼠：把逸出能源循环的东西捡回来，放回循环中，
　　　就叫再利用。

猫：　就是说，用狐狸皮领子再次制作一只狐狸？

松鼠：并不是原封不动转换回从前的形状，而是让东

动
物
的
巴
别
塔

西返回巨大的循环之中。这个循环非常巨大，也许以我们的视野，看不到交接融合点。视野越狭窄，看到的成长越是直线的。

猫：啊，这儿掉了一个贝壳。

狗：贝壳？我以为这儿是沙漠，没想到海洋已经逼近到这里了。

松鼠：沙漠和海洋开始了大迁徙。

狗：不可思议的风景。既像海岸，又像山顶，还酷似沙漠。

猫：你看，长了脚的鱼在沙子上走路呢。没准儿，他们不愿意再受海洋毒素的侵害了。

兔子：我们的时间感受发生了变化，一万年好像只有一分钟那么长。

熊：山上没有潮汐，所以我一直对山充满了信任。现在这是什么，既是海洋又是山？我们逃到真实的永恒的大山里吧。

狗：无论真实还是永恒，我觉得大山基本上是危险的。你看，那边山在滑坡，还是寻找大平原吧。

兔子：这才是理性的，寻找一个长满了柔软绿草的平原吧。那种生活，就好像活在一个盛满了美味沙拉的巨大盘子上。

狐狸：沙拉是什么？

松鼠：毫无解释，乱七八糟，全摆进同一个盘子，就是沙拉。

兔子：就像我们。

狗：　不浇沙拉汁吗？

兔子：我不浇沙拉汁。我讨厌盐味。盐会让旧伤口生痛。

熊：　盘子似的平地？敌人会从四面八方围攻过来的，还是找个山洞吧。

松鼠：敌人这种概念已经是过去式了。我们已经没有敌人，不需要为了抵御敌人攻击而建造要塞。

兔子：不存在敌人攻击的世界。我们脱掉名为"恐惧"的旧上衣，戴上墨镜吧。和平太明亮，太晃眼了。

狗：　我不怕敌人的军队，我害怕亡灵。这就是我不想住在山里的真正原因。

猫：　什么是亡灵？

松鼠：亡灵就是，恶作剧的坏孩子在猫尾巴上绑上烟

动物的巴别塔

花点着火，猫受惊后突然跑到道路中间，被车轧死，但猫灵上不了西天，于是在寂寞的夜路上现身，发泄冤屈和憎恨。

猫：　不知道这种事我会更幸福，谢谢你告诉我。

狗：　也许，我们建造一堵亡灵无法穿透的厚墙就好了。

兔子：建造厚墙不划算。还是在地上挖一个深洞吧。

狗：　那天线往哪儿安装？

兔子：在高处安装天线毫无意义。唯一可以信任的天线，就是我的耳朵。

熊：　什么是天线？

松鼠：是身体长出的长长触角，为了收集飘荡在空中的情报。

猫：　天线主要连着电视机，有了天线，就能看爱情片了。

熊：　我不要电视机。取而代之，得分别建造冬用和夏用两套房子。冬眠用的冬用房只有卧室比较好。

猫：　什么是冬眠？

松鼠：就是把夏天的困劲儿收集起来，攒到冬天睡个
好觉。

狐狸：不对不对。冬眠，是睡眠不足的利息导致的疾
病，患病后，剩余人生只能在床上度过了。

熊：睡眠不足是什么意思？

松鼠：是被迫从早到晚工作的奴隶易患的疾病。

狗：奴隶是什么？

松鼠：就是如果不去危险职场工作的话，只剩下饥寒
交迫一条路的人。二十一世纪后的人类全部
是奴隶。

狗：不许这么说！人类是值得同情的。

猫：你还在对人类恋恋不忘啊。

狗：啊，那边有人。

松鼠：怎么可能？因为你还在爱着，看见了亡灵而已。

狗：不是的。真的是人。（指向观众，或者由演员
扮演成的观众）你是幸存下来的人类吗？

猫：真的是人。正牌人类。（选出一个观众，或选
出演员扮演成的观众）作为大洪水之后的幸存
人类，接下来，你想做什么？

松鼠： 人类还幸存着，简直难以置信。你看他的脸色多么疲惫。（对被选出的观众，或由演员扮演的观众说）如果过去能够改变，你想改变世界历史的哪一部分？改变成什么样？

狐狸： 我过去没有想过，如果认真看人类的脸（看向被选出的观众，或由演员扮演的观众），他们真的有一张人类的脸。你认为是什么导致了人类的灭亡？

熊： （环视远方）啊，人类的幸存者还有不少呢。说不定，只有来剧场看话剧的人，才幸存下来了。（对被选出的观众，或由演员扮演的观众说）如果你是一国总统，你首先会做什么？

兔子： （对被选出的观众，或由演员扮演的观众说）假设你面前站着一个无所不知的人，你被允许问一个问题，你会问什么？

　　演出之前，首先问当地居民同样的问题，将回答录成音频。

　　最初先用一个音轨播放。渐渐加入另一音轨，与此同时，台上演员问出各种问题，对话声和音轨重叠到一起，音量越来越大。

其间，像夏日阵雨一样，从舞台上方落下无数字典。为此，先需要募集各种不再使用的字典，或从旧书店廉价购买，收集大约一百多册，投落到舞台上。

演出结束后，送给每位观众一册，让观众把字典带回家。

动物的巴别塔

SPRING 野
更具体地生长

主　　编｜徐　狗
特约编辑｜徐子淇
营销总监｜张　延
营销编辑｜狄洋意　许芸茹　韩彤彤

版权联络｜rights@chihpub.com.cn
品牌合作｜zy@chihpub.com.cn

野 SPRING 望
MOUNTAIN

出品方　春山望野（北京）
文化传媒有限公司

Room 216, 2nd Floor, Building 1, Yard 31,
Guangqu Road, Chaoyang, Beijing, China